Maria Janitschek

Kreuzfahrer

Maria Janitschek

Kreuzfahrer

ISBN/EAN: 9783744606455

Hergestellt in Europa, USA, Kanada, Australien, Japan

Cover: Foto ©Andreas Hilbeck / pixelio.de

Weitere Bücher finden Sie auf **www.hansebooks.com**

Maria Janitschek

Kreuzfahrer

Verlag Kreisende Ringe

(Max Spohr) Leipzig 1897

Am Ziel

Ihm war, als ginge er mitten unter den Sternen.
Alles strahlte und leuchtete um ihn. Seine Füße glichen
zwei Tänzern; sie trugen ihn dahin, ohne daß sein Gedanke sie lenkte.

Als er seine Doktorprüfung bestanden hatte, natürlich glänzend, sagte die Mutter: „Nun Albin thue dir
etwas recht Gutes an. Mach eine schöne Reise, oder
kaufe dir den Soliman, den du dir schon längst gewünscht hast."

Er lachte. „Aber Mamachen, warum eine Mor-
gengabe? Ich habe weder etwas Wichtiges hinter mir,
noch erwarten mich bedeutsame Ereignisse. Mein ganzes
Leben bis jetzt war ein froher leichter Tag, und ich
würde mich sehr irren, wenn dies bei der Veranlagung
meiner Natur anders werden sollte. Das Pferd oder
die Reise würden mich nicht glücklicher machen."

„Du wünschest dir also gar nichts auf der Welt?
Seliges Kind!" sagte die Mutter. Er fuhr sich durch
den braunen Haarschopf und sah zu Boden. Dann machte
er sich aus ihren Armen los. „Das Leben ist herrlich
und weshalb an einer Schönheit herummäkeln, daß sie
so und nicht anders ist."

„Ach Kind" — die schönen Augen der Mutter
suchten sehnsüchtig die Ferne — „gar so herrlich ist das
Leben in der That nun doch nicht. Es bleibt uns immer
eine Menge schuldig. Es —"

„Wäre es dir etwas schuldig geblieben?" Seine
dunkelgrauen Augen versenkten sich fragend in die ihren.

„O ja, trotzdem ich sehr glücklich war und auch
bin. Einmal, später, werde ich dir viel erzählen."

„Bis ich älter geworden bin, gelt?" sagte er
scherzend.

Sie hörte es nicht. Sie blickte noch immer ins
Weite. „Weißt du, eigentlich sind wir alle Kreuzfahrer. Unser letztes Ziel ist schließlich nichts anderes
als ein heiliges Grab. Das ist alles." Sie lächelte ihn
voll unendlicher Liebe an, warf ihm eine Kußhand zu
und ging aus dem Zimmer.

Er sah ihr nach. Ein heiliges Grab? Dann
schüttelte er die Locken und eilte hinab, hinaus ins
Freie.

Die Sonne war im Untergehen und der Himmel
brannte wie die Wangen eines Glücklichen, dem eben
von seinem Liebchen ein Stelldichein bewilligt worden
ist. Albin ging weit bis vor die Stadt, wo die Auen
begannen. Er dachte über vieles nach, auch dar=
über, daß es unrichtig war, als er die Mutter hatte
glauben machen, daß er keinen Wunsch mehr habe. O
er hatte wohl einen Wunsch. Aber den konnte er ihr
aus leichtbegreiflichen Gründen nicht anvertrauen. Er
sehnte sich nach einem Zweiten. Wenn der Quell voll
ist und übersprudelt, sucht er den Erdboden, um ihm
seine silberne Flut zu schenken. Albin wünschte sich einen
Freund. Keinen Studenten, denn er selbst war Student;
keinen Künstler, denn die Natur hatte ihm selbst die
Augen des Künstlers gegeben; keinen Pedanten und
keinen Genüßling, ach, er wußte es selbst nicht, wie der
beschaffen sein sollte, an dessen Schulter er sein stolzes
Jünglingshaupt lehnen wollte. Er mußte anders sein
als er selbst, und doch wieder ganz er, nur reifer, ge=
schlossener in seiner Weltanschauung, herber, härter in
den Linien seines Charakters. War es die Sehnsucht
nach Ergänzung? Weil er so reich war, drängte es
ihn nach den Erzschätzen eines Reicheren als er selbst war.

An das Weib hatte Albin in seiner Sehnsucht nie
gedacht. Und das war auch der Grund, weshalb er
der Mutter von seinem Wunsche schweigen mußte.

Um das Wesen des Weibes verstehen zu lernen,
schien es ihm nur zwei Wege zu geben. Entweder der
Mann wird selbst zum Weibe, oder das Weib paßt sich
ihm an und wird männlich. Das erste wollte er nicht,
und vor Frauen der letzteren Gattung empfand er Schau=
der. Blieb aber die Frau in ihren Grenzen und der
Mann in den seinigen, dann dünkte ihm ein Verständnis
zwischen beiden unmöglich zu sein. So erschien ihm die
Frau wie ein schöner, fremdartiger Zaubergarten hinter
hohen Mauern, über die es besser war nicht hinüber
zu schauen. Er kannte nur zwei Frauen. Seine Mutter
und seine Schwester. Er liebte beide mit tiefer Zärt=
lichkeit, wie man den Sternenhimmel mit seinen fremden
Wunderwelten, wie man die Stimmungen des Früh=
lings liebt, die immer überraschen, aber nie zu be=
rechnen sind; vielleicht wie man Gott liebt, der uns
Gutes thut, den wir den Herrlichen und Großen nennen,
obgleich niemals die Wolken uns seine Schläfe enthüllt
haben. Die Frau war eben etwas ganz anderes als
der Mann.

Nachdem Albin mehrere Stunden umhergegangen
war und sein Herz allerlei Möglichkeiten erwogen hatte,
wie er zu dem inbrünstig ersehnten Freund gelangen
könnte, schien es ihm am rätlichsten zu sein, zwar nicht
wie die gute Mutter gemeint hatte, eine Lustreise zu
machen, um irgend ein Luxusbad zu besuchen, sondern

fortzureisen mit wenig Gepäck und ohne jeglichen Prunk, um die Welt kennen zu lernen und den Zweiten zu finden. Er weihte die Mutter in den Plan seiner Reise ein, ohne ihr deren Zweck mitzutheilen. Er erbat sich für unbestimmte Zeit Urlaub, der ihm auch freudig gewährt wurde. Er versprach Mutter und Schwester Seidenstoffe aus Indien, kostbare Felle aus Sibirien und die buntfarbigsten Vögel aus Südamerika mit- zubringen. Seiner Schwester versprach er überdies noch ein Negermädchen, das bei ihr Zofendienste ver- richten sollte. Dann küßte er seiner Mutter die treuen, in Thränen schimmernden Augen, der Schwester jedes Fingerchen, wie er es schon als Knabe gethan hatte, und reiste ab.

Als er die Stadt hinter sich hatte, schalt er sich einen schlechten, undankbaren Menschen. Anstatt Herzweh über die Trennung von seinen Liebsten zu empfinden, fühlte er sich ordentlich wohl und befreit. Er hatte die Kinder- schuhe bei Mutter und Schwester stehen lassen und warf sich jetzt gleichsam mit nackter Brust dem Leben ent- gegen.

Gieb mir den Zweiten, du reiches Leben, betete es in ihm, während fremde, im Frühlingsglanz liegende Orte und Landschaften an ihm vorbeiflogen.

*

2.

Er verbrauchte furchtbar viel Geld, der gute Albin. Er nützte die Anweisungen seiner Mutter auf alle bekannten Bankhäuser in den Städten, durch die er kam, gewissenhaft aus. Er lebte wie ein Fürst, um Fürsten kennen zu lernen. Er lernte sie auch kennen.

Eines Tages entließ er seinen Kammerdiener, gab seinen Marstall, seine Yacht auf. „Weißt du, jetzt werde ich viel weniger Geld verbrauchen" schrieb er an seine Mutter. „Verbrauche so viel du willst" antwortete sie. „Nur eins verbrauche nicht: dich selbst. Und daß du dies nicht thust, dessen bin ich ja sicher." Er wurde bürgerlicher. Er sah sich in den Reihen der Leute um, die durch ihren Erfindungsgeist oder ihr Spekulationsgenie reich geworden waren. Er gehörte zu den ständigen Gästen Newports, wo die Vanderbilts ihre Sommervillen haben, und schloß mit den Söhnen einiger Geldkönige Amerikas Bekanntschaft. Eines Tages entdeckte er an sich eine andauernde Appetitlosigkeit und schiffte sich nach Indien ein, um bei Reis und magerer Kost wieder seinen Magen in Ordnung zu bringen. Er streifte in alten Tempelruinen umher und schloß mit schweigsamen Priestern Freundschaft. Er badete im Ganges und ließ sich in die Sprache des Windes und

der Blumen einweihen. Nach einiger Zeit überkam ihn
eine unsägliche Traurigkeit. Er durchreiste weite Strecken
und verbarg sich in einem sibirischen Hirtenzelt. Hier
lebte er monatelang von Pferdemilch und studierte die
Sprache des halbwilden Stammes, bei dem er lebte.
Die Mutter zu Hause verging vor Angst um ihn, weil
er die längste Zeit nichts mehr von sich hören ließ.
Dann einmal kam ein fröhlicher Brief. Durch wunder=
liche Launen und Stimmungen — sie konnte es ja
nicht anders auffassen, weil ihr die tiefere Ursache un=
bekannt war — hatte er sich plötzlich nach Helsingfors
treiben lassen und schwärmte von der Sonne, die dort
in den Sommertagen nicht unterging. Sie schrieb be=
kümmert zurück: „Willst du nun endlich nicht an die
Rückkehr denken?“ Er, tausende von Meilen von ihr
entfernt, schüttelte das Haupt zu ihrer Frage. Noch
konnte er nicht zurück. Noch nicht. Der Ersehnte, dem
er nachging, verbarg sich hartnäckig vor ihm. Albin
streckte voll Ungeduld die Arme nach ihm aus. Bruder,
wo bist du? Geliebter du, lege endlich deine Hand in
die meine, daß ich zufrieden werde. Gieb mir dein
Eisen, deine Schärfe, deine Gewalt! Die Schönheit, den
Rausch, das Mitleid, die Gnade habe ich selbst. O,
wo bist du denn, Unerbittlicher, daß ich dich finde?
Und Albin verließ mit Augen traurig wie die einer
Waise die Sonnennächte von Helsingfors, zog über

Spanien nach der Provence und mietete ein Häuschen, das mitten in Weingärten stand. Schwalben und andere Vögel kamen an sein Fenster und zwitscherten ihm ihre Erlebnisse zu. Er aber sagte: Was sollt ihr mir? Ich suche ein ganz Anderes. Und das Meer mit seinem tiefen Gesang pochte an seine Seele. Er verschloß sich der Melodie. Er wollte nichts Lautes. Der, den er suchte, war still und würde ihn, ohne auch nur ein Wort zu wechseln, gleich erkennen und ihm die Hand reichen.

Eines Abends packte er seine Sachen zusammen und reiste nach Havre. Er wollte sich dort einschiffen. Er wußte noch nicht genau, wohin. Er war furchtbar müde. Aber er wollte nicht rasten, bevor er gefunden hatte, was er suchte. Als er im Hafen durch die vielen Menschen schritt, dachte er bei sich: Und unter euch Allen, unter den vielen, vielen Tausenden, die an mir vorüberzogen, wäre kein Einziger, der mein Zweiter ist? Seine Augen füllten sich mit Thränen. Wenn er sich nicht geschämt hätte, er würde sich am liebsten mitten auf der Straße niedergesetzt und geweint haben. Wo= hin sollte er nun, er, der so müde war, daß er kaum seine Füße fortbewegen konnte?

Bevor er sich seine weiteren Reisepläne klarlegte — in den nächsten Stunden ging überhaupt kein Schiff ab — trat er in den Saal eines Gasthofs.

„Sie wünschen ein Zimmer, mein Herr?" fragte
der Kellner.

„Nein, kein Zimmer, ich möchte blos bis zur Ab=
fahrt des Dampfers nach — nach —" er stotterte ver=
legen den Namen einer Station — „ich möchte blos ein
Abendessen."

„Sehr wohl."

Man brachte Wein= und Speisekarten herbei, und
eine Schaar Kellner tänzelte geschäftig um den Gast
herum. Es war ein sehr elegantes Hotel. Weiße
Fluten elektrischen Lichtes erhellten den weiten Speisesaal
mit seinen flimmernden Spiegelwänden.

Als man Albin serviert und verschiedene Schüsseln
aufgetragen hatte, trank er sein Glas leer und sah
auf. Im Spiegel gegenüber erblickte er das Bild eines
Mannes, der in träumerischer Stellung dasaß. Das
Leben, eine mächtige Leidenschaft, oder vielleicht irgend
eine übergewaltige Sehnsucht mochten ihn so versengt
haben. In dem hageren, eingefallenen Gesichte, aus
dem nichts anderes mehr, als ein cäsarischer Wille
sprach, war alle Anmut erstorben. Die tief in die
Höhlen gesunkenen Augen leuchteten hervor wie ewige
Lampen, die ein Heiligtum behüten. —

Albin ergriff eine wunderliche Bewegung. Wer
war dieser Fremde, der ihm doch so wohlbekannt er=
schien? Das Herz zitterte ihm in der Brust . . . . .

Also das wäre das Ergebnis seines ganzen ruhe= und rastlosen Suchens gewesen? Das!? Diesen, der da saß und ihm müde zulächelte, hatte er gefunden, keinen sonst? . . . sich selbst, keinen sonst? . . . .

Aber du bist hager und häßlich geworden, dachte er, und dein Gesicht ist voll Furchen.

Man kommt nicht glatt zum Ziele, schien die Blässe seines Gegenüber zu antworten. Staub haftet an meinen Füßen, die Sonne hat meinen Leib ausgedorrt, die Sehnsucht mich so lange mit ihren brennenden Lippen berührt, bis mein Haar ausfiel. Meine Augenlider sind welk von tausend unterdrückten Thränen; ich bin nicht herrlich, ich bin ein Mensch, der weither zu seinem Ziel gepilgert ist.

Und hast du es erreicht?

Ja, antwortete die erzene Stirne mit den tiefen Furchen. Albin bedeckte die Wunden dieser Stirne mit den zitternden Händen.

Ich also — ich selbst bin der Zweite, und keinen andern gabs für mich. — — — —

Er fühlte eine heftige Erschütterung durch seinen Leib gehen. Wie im Traum sank sein Haupt auf die Kante des Tisches. Er hörte Stimmen um sich schwirren und meinte, das Schiff wolle abgehen. Aber ich brauch es ja nicht mehr, durchzuckte es ihn. Das Herz kann

nun Hochzeit halten. Der Zweite ist einig mit ihm ge=
worden. — — — — —

Mehrere Hände machten sich an ihm zu schaffen.

„Ist Ihnen unwohl, mein Herr?“ „Soll man nach
einem Arzt schicken?“ „Er giebt keine Antwort“ riefen
die Kellner.

„Ich glaube, der wird nie wieder eine geben“ sagte
der herbeigeeilte Direktor. — — —

Stummer Kampf

Die Andern waren schon versammelt, als Thor=
walts mächtige Gestalt unter der Thür erschien. Er
bot ihnen seinen Gruß und nahm am Kopfende des
Tisches Platz. Die Andern ließen sich ebenfalls nieder.
Dann begann man zu essen. Der Stuhl zur Rechten
des Greises war unbesetzt. Links von ihm saß eine wie
aus grobem Eisen gehärtete Gestalt, sein Sohn Ulf,
diesem gegenüber dessen Gattin, ein starkknochiges Bauern=
weib mit herbem, verschwiegenem Gesicht. Neben sich
hatte sie ihre beiden Töchter. Die Reihe der Mägde er=
öffnete ein ganz junges Dirnlein. Gegenüber saßen Ulfs
Knaben und die Knechte.

Es wurde wenig beim Mahle gesprochen und das
Wenige mit leiser, flüsternder Stimme. Die weite, ge=
wölbte, fast hallenartige Stube, in deren Hintergrund
das Feuer auf einem riesigen Herde flackerte, besaß nicht

das geringste Schmuck- oder Zierstück. Die braun-
geräucherten Wände waren kahl, das kleine Fenster, das
auf das grünliche Wogenspiel der See hinaussah, war
ohne Vorhang. Nur Tisch und Stühle und ein mächtiger
Schrank befanden sich in dem Raume, der sein Licht
hauptsächlich von dem großen Feuer auf dem Herde erhielt. Von draußen ließ sich das Pfeifen des Windes
vernehmen.

„Hast du die Boote festlegen lassen?" fragte der
Alte. „Es wird eine unruhige Nacht geben."

„Ja, Vater, die Boote sind festgelegt." Der Sohn
schob den Löffel zurück.

„Die Gerste in der Scheune untergebracht?"

„Ja, sie ist in der Scheune untergebracht.

„Hat Lomblad die Bretter geschickt?"

„Nein."

„Weshalb nicht, da ich sie doch bestellt habe?"

„Der Junge war nicht anwesend und der Alte —"

„Was?"

„Der schien nicht genau von der Bestellung unterrichtet zu sein oder sich nicht zu getrauen —"

Die Brauen Thorwalts wulsteten sich.

„Du sprichst unklar. Wann würde sich ein Vater
vor seinem Sohne etwas nicht zu thun getrauen? Du? —"

„Ich wollte nur —"

„Laß mich ausreden. Du setzest den Alten herab.

Der Vater ist Herr und Meister seiner Familie. Deshalb ist ihm gestattet, sich einem oder dem andern Geschäfte zu entziehen, zu dem er vielleicht weder Freude noch Nötigung in sich fühlt. So wird es auch bei Comblad der Fall sein."

„Ich wollte den Vater nicht als schwach hinstellen, eher vielleicht der Handlungsweise des Sohnes tadelnd erwähnen."

„Das wäre nicht klug gethan. Die Voraussetzung, daß der Vater ein Schwächling sei, müßte trotzdem vorhanden sein. Und die wäre ein Unrecht. Bin ich nicht dein unumschränkter Herr, so wie du der deiner Kinder bist?"

„Vater, darf ich dir noch etwas Bier einschänken?" fragte Ulfs Frau leise. Ihre Hände zitterten, wie sie vor ihn hintretend den Krug aufhob.

„Nein, ich danke Dir."

Unsichern Schrittes ging sie auf ihren Platz zurück. Das Gesinde unten am Tische saß regungslos da und wagte nicht die Wimpern zu erheben.

Der Alte ließ seine Blicke langsam über die Anwesenden gleiten, Blicke, aus denen der Glaube an die Macht der eigenen Autorität sprach. „Gott, dann Ich!" war es in dem uralten Eichengiebel des Hauses eingeritzt zu lesen. Und der Mann mit der niedern, harten Stirn und dem halbverstechten Feuer im Blick war der Sohn dieses Alten, dem er alles verdankte, der ihm das Weib in die Kammer geführt hatte und seinen Kindern Gottes rauchenden Zorn im Gewitter zeigte.

Eine schwüle Pause war eingetreten. Keiner wagte zu sprechen. Selbst die Kleinen senkten die Köpfe, denn sie kannten die Strenge des Mannes oben am Tische. Da ists, als ob eine Lerche hereinschwirrte und plötzlich zu jubilieren begänne.

„Vater, weshalb steht der leere Stuhl neben deinem Platze? Wer saß dort? Wann kehrt er wieder?"

Ein Schrecken faßt die Andern. Die kecke Voreiligkeit! Die junge Dirne, die neben den Kindern sitzt, hat den Mund geöffnet. Die braunen Augen unter den feinen dunklen Bogen blitzen vor Lebenslust. Um den rosigen Mund spielt ein Schalklächeln.

Der Alte blickt sie an, wie er etwa ein Insekt oder eine Blume angesehen hätte, die der Wind auf seinen Rockärmel geweht hat. Wird er erzürnen über ihre Weise? Nein, er ergrimmt nicht. Er lehnt sich zurück und richtet die mächtigen Augen auf sie.

„Hier ist der Brauch, erst zu reden, wenn man gefragt wird, verstehst du? Aber du bist erst einen Tag hier und kennst unsere Sitten noch nicht, so will ich dich heute entschuldigen. Dieser Stuhl da ist der meiner Frau. Sie ist vor zwei Wochen gestorben. Er soll zu ihrem Andenken noch stehen bleiben."

„Habt Ihr sie sehr lieb gehabt?" zwitscherts wieder von unten.

Ulf wirft einen erschreckten Blick auf die Fragerin. Ihre Augen begegnen mit strahlender Wärme den seinen.

Der Alte oben am Tische streicht sich durch den weißen Bart. „Sie war ein braves Weib. Kein Tag ging ihr nutzlos vorüber. Sie hat Gott gefürchtet und ihre Kinder in seiner Zucht erzogen. Sie war mir eine gehorsame Gefährtin. Selbst als ihr jüngster Bruder, dein Vater, ihr den Kummer bereitete, in ein fremdes Land zu ziehen und sich eine Frau aus fremdem Blute zu nehmen, verlor sie nicht ihre Ruhe."

„Ach, wenn er noch lebte, der gute Vater! Er war so lieb und schön. An Mutter erinnere ich mich gar nicht. Sie starb, als ich noch ganz klein war."

„Ein Glück." Hat es jemand geflüstert? Die Anwesenden sehen einander betroffen an.

„Und der Vater lehrte mich eure Sprache. Ich konnte mich mit den andern Kindern fast gar nicht unterhalten, die nur italienisch reden. Wenn der Vater auf Fischfang hinauszog — Du, warum ist denn euer Meer so häßlich graugrün?" wandte sie sich plötzlich an Ulf; der Alte schien ihr zu weit zu sitzen. „Das unsere ist ganz, ganz blau und so lind. Du meinst, in lauter weiche Blumenblätter zu sinken, wenn du in seine Wasser

tauchſt; du das iſt dir ſchön! Und am Abend, wenn
man hinausſegelt, die großen Sterne, die ſpiegeln ſich
wieder in der Flut, und dann haſt du zwei Himmel,
den einen oben und den andern unter dir, und weiche
Mandolinenklänge klingen vom Ufer herüber und laſſen
dich glauben, du hörteſt die leiſen Stimmen der Engel.
Dann kommt wohl einer oder der andre im Nachen
dir nach, bindet ſein Schifflein an deines, ſteigt zu dir
herüber, legt den Arm um dich und flüſtert dir etwas
Liebes ins Ohr. Und bunte Lämpchen zünden ſie an
und eſſen bei ihrem Roſenſchein Konfetto, und ſchenken
einander Blumen und Küſſe....."

„Wie alt biſt du, Dirne?" klang es vom Kopfende
des Tiſches herab.

„Sechzehn, Väterchen."

Ulf hatte den Arm auf den Tiſch geſtützt, das Haupt
darauf gelehnt und ſtarrte mit großen Augen auf das
ſchwatzende Mägdlein.

„Und du haſt wirklich niemanden in Spezia? Hat
denn deine Mutter keine Verwandten gehabt?"

„Nein, niemanden. Deshalb ſagte mein Vater, be=
vor er ſtarb: Unten an der nordiſchen Küſte, ſagte er,
bei Thorwaltshavn, lebt meine Schweſter. Geh zu ihr,
ſie wird dich aufnehmen. Hier will ich dich nicht allein
wiſſen, ſagte er. Ich verkaufte alles, was wir beſaßen,
als er tot war, und kam hierher. O, er war ſo ſüß!

Keinmal kam er nach Hause, ohne mich an seine Brust zu ziehen und zu küssen. Wir hatten einander schrecklich lieb."

Wieder das fremdartige Wort!

Die grobknochige Frau mit den herben Zügen senkte den Kopf tiefer auf ihren Teller. Die Kinder öffneten die Lippen zu einer leisen Frage an ihren Vater, verstummten aber erschreckt bei seinem Anblick. Seine Augen hingen an den roten Lippen des Mägdleins mit einem Ausdruck, der ganz fremd an ihm war.

„Ich werde nun wohl immer bei euch bleiben. Aber ihr sollt euch freuen an mir. Vater hat mich die Mandoline spielen gelehrt und singen kann ich auch, auch tanzen."

Sie sprang auf, nahm ihren ärmlichen Rock zierlich zwischen die Fingerspitzen und begann sich im Kreise zu drehen. Aller Augen hingen wie gebannt an ihr.

Da knarrte der Stuhl oben am Tische.

Der Hausherr hatte sich erhoben.

Seine Gestalt schien noch größer und mächtiger als sonst zu sein.

„Führt die Kleine auf ihre Schlafstelle. Der Schluck Bier, den sie trank, ist ihr in den Kopf gestiegen."

Eine Magd trat heran und gab ihr einen Wink. Sie legte die Finger an die Lippen, warf den Anwesenden eine Kußhand hin, lächelte alle an und folgte

der Voranschreitenden. Die Dienstboten erhoben sich,
ebenso die Andern.

Nur Ulf blieb sitzen und starrte auf ihren Stuhl
hinüber. Plötzlich legte sich eine Hand auf seine Schulter.
Er sprang auf. Sein Vater stand mit unbeweglichem
Gesichte vor ihm und sah ihn an.

„Mir ist, als hätt ich geträumt" stotterte der Sohn.

Seine Frau und seine Kinder waren demütig hinter
seinem Stuhl versammelt, damit er ihren Gutenachtgruß
erwidere. Er murmelte etwas zwischen den Zähnen.
Der Blick des Alten, der wie eine Flamme auf ihm
ruhte, raubte ihm fast die Besinnung.

Da, als die Andern im Fortgehen waren, trat sein
ältester Bube nochmals vor ihn.

„Vater!"

„Was willst du?"

„Ich glaube — ich weiß nicht — ich fürchte mich
vor der Nacht."

„Was hast du gethan?" fragte Ulf finster.

„Ich spielte in dem Felsen am Strande, da —"
Der Junge stockte.

„Rede die Wahrheit" sagte Thorwalt und legte
seine Hand auf den blonden Kopf des Knaben.

„Da sah ich ein Ei in einem verlassenen Nest. Ich
legte es der Schwalbenmutter unter. Sie brütete es aus.
Ein kleiner, fremder Vogel ist aus dem Ei gekrochen.

Aber seither zanken sich die Alten immer und flattern umher, anstatt bei den Jungen zu bleiben. Sie werden allesamt erfrieren müssen. Ich hör' ununterbrochen —"

„Was denn, was hörst du denn?"

„Ihr trauriges Zwitschern. Selbst in der Nacht. Gestern kroch ich zu Radulph aufs Lager und schwatzte mit ihm, um die ängstlichen Laute nicht zu hören. Was soll ich thun? sie werden allesamt zugrundegehen."

Ulf starrte wie geistesabwesend auf den Platz gegenüber am Tische.

Der Alte sagte: „Nimm den fremden Vogel aus dem Neste."

„Dann stirbt er aber, denn er kann noch nicht fliegen."

„Laß ihn sterben."

„Nein!" schrie Ulf wie erwachend auf, „nein, er soll nicht sterben!"

Aus des Greises Augen flammte ein Blitz.

„Geh fort, Bube!" rief er dem Jungen zu.

Dann standen die beiden Männer einander gegenüber. Sie sahen sich in die Augen. Ulf legte die Hand über die seinen. — — —

Als er aufblickte, war der Alte verschwunden. Er stand allein in der weiten Stube.

Die Flammen auf dem Herde brannten nicht aufwärts, sondern schlugen zur Seite wie in irrer Flucht. — —

2.

Andern Tages gegen Abend.

Vor dem kleinen Fenster bäumt sich ein grünliches Gespenst und winkt und droht mit huschenden Händen. Die See ist in unheimlicher Erregung. In der braunen Stube sitzen die Leute am langen Tische und verzehren schweigend ihr Nachtmahl. Das Herdfeuer wirft ungewisse Lichter um sich. Bald lohts durch den Raum wie sinkender Sonnenschein, bald hüllt Dämmerung alles in fahle Schatten, bald ruht auf des Einen oder Andern Haupt ein flimmernder Glanz. Sie schweigen und essen, wie sie gestern und vorgestern thaten. Oben am Kopfende sitzt der Alte, wie er vor fünfzig Jahren schon saß, mit unbeweglichem, steinernem Gesicht, in dem nur die Augen zu leben scheinen, ein unergründliches, von niemand verstandenes Leben.

Drei Stühle am Tische sind leer: der der Toten, Ulfs Stuhl und jener der jungen Dirne.

Der Greis sieht die Leute entlang.

„Wo ist Ulf?"

„Er ist vor etlichen Stunden mit seinem Netze hinausgerudert, Vater."

„War er allein?"

„Nein, Vater, deiner Frau Bruderkind war mit
ihm."

Das grobknochige Weib mit dem herben, demü-
tigen Gesichte neigt sich wieder über den Teller. Der
Greis schweigt und streicht langsam durch seinen nieder-
wallenden Bart. „Weshalb ging die Dirne mit ihm?"

Die Frau weiß keine Antwort zu geben, aber ihr
jüngster Bub weiß eine.

„Sie mochte Thora nicht zur Hand sein, sondern
tanzte und sang draußen umher. Gegen Mittag kam
Svend vom Bernsteinhof herüber. Was habt ihr für
ein Tiriliren im Hause? fragte er. Ists ein Vogel oder
eine Flöte, die da singt? Keins von beiden, sondern
meiner Großmutter Bruderkind ists, das da singt, sagte
ich und deutete auf sie. Sie kam eben herbei. Vater
folgte ihr. Er hob die Faust auf, sie aber fiel ihm in
den Arm und bettelte, daß er ihr nichts zu Leid thue.
Sie fuhr mit der Hand über seine Wange und lächelte
ihn an. Da wurde er ganz still. Svend ging ins
Haus. Mein Vater sagte: Die Wellen können aber
doch lauter singen als du. Mir kam vor, er hätte aus
dem Keller heraufgesprochen, weil es so tief klang. Aber
er stand neben ihr. Da rief sie: Das möchte ich versuchen. Ich muß hinausfahren, sagte er hierauf und ging
vor das Haus. Sie bat: Nimm mich mit! Er antwortete
nicht, hob sie aber ins Boot und ruderte hinaus."

Es ift totenftill, als der Knabe ausgefprochen hat.
Vom Herde kommt ein geheimnisvolles Raunen und
Flüftern, und der Wind fchlägt ans Fenfter.

Da dröhnt es draußen im Flur wie von fchweren,
fchlürfenden Tritten.

„Ulf" murmelt der Greis. Niemand wagt auf=
zuftehen, obgleich fie ihr Effen beendet haben. Eine
lange Paufe.

Die Schritte find verftummt, alles bleibt ftill
draußen.

„Ulf!" ruft der Alte mit mächtiger Stimme. Keine
Antwort. „Hole deinen Vater!" Der ältefte Knabe er=
hebt fich gehorfam und eilt hinaus. Er kehrt nicht
wieder. Und nun ftehen alle zugleich auf, wie unter
einer plötzlichen Eingebung. Ohne ein Wort zu wech=
feln, treten fie hinaus, zuletzt mit gefenktem Kopf die
Mutter der Kinder. Nur Thorwalt bleibt bewegungslos
auf feinem Platze fitzen.

Von draußen dringt geheimnisvolles Flüftern her=
ein, als ob keiner wagte, laut zu fprechen. Dann öffnet
fich fchwerfällig die Thür. Ulf tritt herein.

Seine Kleider tropfen; fein Geficht ift weiß wie der
Schaum auf den Wogen draußen. Er bleibt beim Ein=
gang ftehen, ohne die Kraft oder den Muth zu finden,
näherzutreten.

„Wo ift die Dirne?"

„Das Boot ist gekentert; sie ist ertrunken."

Aus dem schneeweißen Gesicht richten sich zwei starre, brennende Augen in die des Alten.

Der entgegnet nichts, streicht sich durch den Bart und schreitet langsam hinaus.

Ulf ist allein. Seine Blicke suchen einen Stuhl am Tische, dann schleppt er sich vor den Herd und blickt in die Flammen. Sie steigen ruhig und kerzengrade empor.

— — — — — — — — — —

Klare Rechnung

„Wenn du ſtiehlſt, mein Sohn, ſtiehl mit Bedacht. Es hat ſchon manch Einen gegeben, der einen Tabaksbeutel einſteckte, indeſſen daneben die fetteſte Sau grunzte. Verliere nie deine Ruhe. Stehlen iſt ein Geſchäft wie ein andres, es kommt nur darauf an, wies gemacht wird. Hauptſache iſt Courage und Kaltblütigkeit. Unfänger ziehen die Nacht vor, ich rate dir, den Tag zu wählen. Am helllichten Tag, wenn die vor dir ausſpeienden Bauern dir begegnen, dann iſt die beſte Zeit, einen Schafpelz, der draußen zum Trocknen hängt, oder ein Paar Cſizmen mitzunehmen. Den Schafpelz hänge gleich um, die Stiefel zieh an, ſo entgehſt du am eheſten dem Verdacht. Und dann nur langſam vorwärts gegangen. Iſt eine Schenke am Wege, tritt ein, ein Schluck Badacſonyer, mit der Wirtin aus einem Glas getrunken, kann nicht ſchaden. Begegnet dir der Pfarrer, küſſ ihm die Hand, und bitt' ihn, er möge deiner am Sonntag in der heiligen Meſſe gedenken.“

„Ebadta! Vater, du bift fein.“

„Warum follte ich nicht fein fein, mein Sohn? Wir
find verunglückte Leute, aber der Anftand mangelt uns
nicht. Wir nehmen, weil man uns nicht giebt. In
meinem vierten Jahre zog mein Vater zum erftenmal
mit mir aus. War noch ein kleiner Knirps, aber
verdienen helfen mußt’ ich dem Alten. Hundertmal vor
dem Gewehrlauf der Panduren ftehend, hundertmal
gerettet, halbtod gefchlagen von Bauernfäuften, monatelang in den ftinkenden Zellen der Komitatsgefängniffe
fchmachtend, mich befreiend, oder von Kameraden befreit,
heute am Krepieren vor Hunger, morgen in neuem Anzug in der Andraffyftraße fpazierend, immer gehetzt, ver-
folgt, fo, Junge, ift das Leben deines Vaters. Aber
beim Ochfen des heiligen Lukas —“

„Eljen, atyjam, eljen!“

Die Augen des Burfchen glänzen. Hoch fchwingt
er fein Glas, in dem köftlicher Menefer aus dem Keller
eines Benediktinerabtes perlt.

Um fie her wogt ein unüberfehbares Grasmeer.
Tiefgrüne, zitternde Wellen, die fich flüfternd neigen und
wieder aufftehen. Darüber der dunkelblaue, endlofe
Himmel der Pußta. Und unter dem Himmel, über dem
Grasocean, mit weitausgefpannten, fchlagenden Flügeln,
in phönixgleicher Machtherrlichkeit: Die Freiheit.

„Eljen, atyjam, eljen!“ . . . . .

Hinter den beiden Männern standen zwei armselige, mit Lumpen überspannte Wagen. Aus dem Innern tönte klägliches Kindergeschrei. Vor dem einen der Gefährte lagen mehrere Männer platt auf dem Bauche und schliefen.

„Hör Pista, und noch eins, kedves fiam! Kommts zum schießen, nicht gleich ins Schwarze." Der Vagabund deutete auf die Brust. „Es kann Unannehmlichkeiten geben, und wegen der Absolution ists auch besser."

„Verstehe, Vater" entgegnete der Jüngling, und seine feinen Nüstern blähten sich leicht. „Also morgen wird weiter gezogen."

„Morgen früh" nickte der Alte. „Übermorgen abend können wir vor St. Imre sein."

Pistas Augen leuchteten.

„Und halte das Gewehr in Ehren, es stammt aus der Waffenkammer der Somogyis.„

„Soll nicht rosten" knirschte der Junge.

Später trennten sie sich. Der Vater kletterte in den Wagen, der Sohn ging, um einen Abendbraten herbeizuschaffen.

An Wachteln und Sumpfenten war kein Mangel.

Pista zählte achtzehn Jahre. Er war nicht groß, aber von bewundernswerter Ebenmäßigkeit der Glieder.

Unter dem schwarzen Lockenwald brannten zwei schöne,
dunkle, melancholische Augen. Die schlanke, gekrümmte
Nase ließ seine kroatische Abstammung erkennen.

Der alte Juhaß kam aus der öden Steppe in der
Nähe Csakathurns, zwischen Ungarn und Kroatien.

Unabsehbare dürre Heide, ohne Gras, ohne Blu=
men, hier und da durch eine armselige Lehmhütte
unterbrochen, war der erste Anblick, den er als Kind
genoß.

Sein Vater suchte unter unsäglichen Mühen dem
Stück Erde, das er besaß, einige Kartoffeln, ein bißchen
Mais abzugewinnen.

Sein Weib gebar ihm ein Kind nach dem andern.
Die meisten starben bald wieder vor Mangel.

Nachdem der Vater fünf Kinder begraben hatte,
nahm er das sechste aus der Wiege auf den Rücken,
gebot seinem Weib, alles was sie tragen konnte, auf=
zupacken, und schloß sich einer Vagabundenfamilie an,
die bettelnd und stehlend von Ort zu Ort zog.

Sie liebten ihren König, aber der König gab ihnen
nichts zu essen, oder wenn er gab, war es verschimmeltes
Brot in den schrecklichen Komitatsgefängnissen, wo sie
der grausamen Willkür der Stuhlrichter preisgegeben
waren.

Da nahmen sie denn, was sie nicht erhielten.

Der Alte starb; sein Sohn trat das Erbe an. Er war ein verwegenerer Räuber als sein Vater. Der hatte aus Not zu stehlen begonnen, dem Sohn machte es Freude. Der Vater hatte mit Brot für seinen Knaben begonnen, der Sohn stahl Wein und Fleisch. Der Vater war nur des Nachts seine Schleichwege gegangen, der Sohn schlenderte, die Pfeife zwischen den Zähnen, bei Tag durch die Bauerndörfer und führte Diebstähle von unerhörter Frechheit aus.

Es war ein Dieb von Humor; er ließ die Federn zurück, wenn er nur die Gans hatte. Er stahl nie zu viel, lieber öfters.

Er ließ sich nie erwischen, und wenn es ihm einmal geschah, entkam er glücklich, denn er hatte viele Freunde. Merkwürdig viel Freunde. Es gab vermessene Zungen, die behaupteten, mancher Komitatsrichter be= zöge von ihm Wein und Tabak, Waaren, die er zu unerhört niedrigen Preisen und von ausgezeichneter Qualität liefere.

Nun, man kann ja nicht wissen . . . . .

Jedenfalls zogen die zwei schmierigen Wagen, in denen sich die Nachkommen der beiden alten Vaga= bundenfamilien befanden, in ungestörter Ruhe ihre Straße.

Sie machten verschiedene Kreuz= und Querfahrten

durch die angrenzenden Länder, manchmal kamen sie bis
tief nach Siebenbürgen hinab.

Jüngsthin hatten Panduren Juhaß den rechten
Mittelfinger weggeschossen, da wurde er ärgerlich und
peitschte seinen Sohn, weil der Schlingel ewig nur fraß
und faulenzte und selbst nichts verdiente.

In St. Imre stand eine einsame Mühle. Man
munkelte von dem großen Reichtum der Müllerin, deren
Söhne flotte Studenten in Budapest waren und den
Grafen und Baronen die hübschesten Mädels vor der
Nase wegschnappen sollten. Die Müllerin mahlte unter=
dessen Geld aus den Taschen der armen und reichen
Bauern. Sie mahlte und mahlte, damit die Herren
Söhne wieder mahlen konnten.

Der junge Pista sollte sein Debüt bei ihr feiern.

Der Geldschrank stand zur ebenen Erde, sie selbst
schlief im ersten Stock.

Die Knechte und Mägde waren im Anbau unter=
gebracht.

Er sollte die eiserne Geldlade öffnen.

Die Söhne verwendeten deren Inhalt dazu, die
Gunst kostspieliger Damen in der Hauptstadt zu kaufen,
der Vagabund bedurfte seiner zu des Lebens Notdürftig=
stem. Ihn hatte niemand zur Schule geschickt und Recht=
schaffenheit gelehrt, den Hunger zu stillen, war sein
kategorischer Imperativ.

Nur einige Hände voll Geld aus diesem Über=
fluß . . . . .

Die Wagen verließen die grüne Einöde und näher=
ten sich dem Orte.

Der alte Pista goß dem Jungen ein Glas Wein ein.

Der Junge schüttete die Hälfte in die Kehle, die
andere Hälfte in die Luft.

„Auf gutes Gelingen!"

Seine Mutter brauchte eine neue Decke; die alte
ging schon in Fetzen. Die Mutter, seit Jahren tod=
krank, war allen zur Last. Aber Juhaß schleppte
sie doch mit; sie hatte seinen Jungen geboren, den
Pista, den er leidenschaftlich liebte. Auch die Vet=
tern, die zweite Familie, die seit lange mit Juhaß
verschwägert war, hatten allerlei Bedürfnisse. Juhaß
wollte einmal als Hauptmann auftreten und allen
geben, was sie brauchten. Die Männer, die Fays,
waren durchweg Schafsköpfe. Man konnte sie etwa um
Schweineschmalz oder Tabak schicken, aber so wies
irgendwo Mut und Gewandtheit galt, ließ sie ihr
Hasenherz sitzen. Juhaß mußte für alle denken und
sorgen.

Sein Sohn war der einzige, auf den er bauen
konnte. Bisher hatte er wenig geleistet. Der Vater
hatte ihn stets in den Hintergrund gedrängt, um seiner
zu schonen.

In der grauen Abendluft tauchten die Wipfel der
Linden auf, die die Mühle umgaben. Die Wagen
hatten weit draußen vor dem Orte gehalten. Pista und
sein Vater schlichen um das im Schatten liegende Ge=
bäude.

Die Fays standen Wache.

Pista, die Flinte zwischen den Zähnen haltend, in
der Hand das notwendigste Werkzeug, drückte seinen
schlanken, elastischen Körper durch das offene Fenster der
ebenerdigen Wohnung. Er tastete mit den Händen in
dem stockdunklen Zimmer vorwärts. Er kannte die
Räumlichkeit schon. Vor Monaten, als zum erstenmal
in dem Vater der Gedanke aufgetaucht war, aus diesem
Geldschrank seine Bedürfnisse zu bezahlen, hatte er den
Jungen mitgenommen. Es war an einem Sonntag
gewesen. Sie thaten so, als bettelten sie, und legten
schließlich, als ihnen niemand die Hausthüre aufschloß,
die Köpfe an die Fensterscheiben jenes Zimmers.

„Sieh dirs genau an" zischelte der Vater.

Der Sohn lächelte.

Er hätte es später noch zeichnen können, so gut
hatte er sich die Lage der einzelnen Möbel eingeprägt.

Aber zum Teufel! Sie mußten die Stellung der
Einrichtungsstücke nun verändert haben. Wie er mit
der Rechten nach jener Richtung griff, wo früher die
eiserne Kasette stand, stürzte mit schmetterndem Klingen

ein Gegenstand zu Boden. Im Nu erhob der Haus-
hund ein wütendes Gebell.

Pista wollte zum Fenster springen, in diesem Augenblick wurde die Thür aufgerissen, und ein blutjunger
Mensch, einen Kienspahn in der Hand, warf sich Pista
entgegen.

Dieser drückte seine Flinte ab.

„Pista!“ gellte es von den Lippen des zu Tode
Getroffenen......

In der Dunkelheit und dem nun im Hause aus-
brechenden Lärm gelang es dem Alten mit dem Sohne
zu entkommen.

Die Knechte, die über den Hof geeilt kamen, ergriffen die beiden Wache stehenden Vagabunden, und
glaubten in ihnen die Mörder gefaßt zu haben.

„Verfluchtes Vieh!“ keuchte Juhaß, als sie zum
erstenmal in der stockfinstern Nacht Halt machten, um
Atem zu schöpfen.

„Es war Lajos“ sagte der junge Mörder tonlos,
„Lajos, Lajos!“

Lajos war der einzige Mensch, mit dem Pista eine
Art Kameradschaft hatte. Er stand im gleichen Alter mit
Pista und hatte sich schon in vielen Bauernhöfen als
Knecht verdingt, aber nirgends lange ausgehalten. Er
war der Sohn einer Zigeunerin. Früher, als kleiner
Junge, da er noch mit seiner Familie durch die Welt

zog, hatte sich das fahrende Volk oftmals getroffen. Die
beiden Knaben hatten einander geprügelt und zerzaust,
und lieb gewonnen.

„Wer hätte gedacht, daß er zu Der geriet" setzte
Pista seinen Gedankengang fort. Und plötzlich hatte er
sich auf seinen Vater geworfen.

„Du Teufel! Du Sohn einer Hündin, du!" Der
Vater machte sich aus seiner Umklammerung frei.

„Pandurengewissen!" murmelte er verächtlich.

Der Sohn hob die Hand zum Schlage auf, eine
Sekunde lang starrten sich im Schwarz der Nacht vier
haßglühende Augen an, dann war der Eine plötzlich
verschwunden.

„Pista! Pista!" tönte es ihm nach. Er aber hörte
nicht. Er stürzte vorwärts, vorwärts. Und wieder:

„Pista!"

Diesmal anders. In gebrochenen, gurgelnden
Lauten wie aus der Kehle eines Sterbenden.

„Pfui Teufel!" rief Pista und spie aus.

Ob dieses Bild ihn immer verfolgen, dieser Schrei
ewig in seinen Ohren erklingen würde? . . . . .

Er lief und lief, Gräben übersprang er, und am
Rande schilfumgebener Gewässer kroch er geduckt hin.
Der Himmel stand in flammenden Abendröten, als er
nicht mehr weiter konnte. Auf seinen Lippen hingen blu-
tige Schaumflocken. Achtundvierzig Stunden lang hatte

er nichts gegessen, nichts getrunken, nicht geruht. Er
sank nieder. Er kühlte sich mit nassem Schlamm das
brennende Antlitz. Aus dem Tümpel trank er schmutziges,
grünes, trübes Wasser in langen Zügen. Nur das Leben
retten, das kostbare Leben . . . . .

Die Augen fielen ihm zu. Er schlief nicht, denn
in seinem Leibe schienen hunderttausend Schmiede zu
hämmern. Jedes Äderchen war einer und schlug und
schlug darauf los.

Aber er ließ sie hämmern, er hätte sich jetzt auch
gefangen nehmen lassen, eine solche Apathie war über
ihn gekommen. Die Schmiede schlugen darauf los.

Plötzlich kam eine schwarze, runde, dicke Wolke über
die Felder gelaufen und warf sich auf ihn. Er machte
noch einen tiefen Atemzug, dann —

Als er erwachte, lag er auf der gleichen Stelle.
Lichtblaue, sammetweiche Luft umgab ihn, vom Himmel
strahlte die Sonne nieder.

Auf den Schwingen eines kaum fühlbaren Morgen=
windes kamen die Klänge einer Glocke einher ge=
schwebt . . . . .

Pista erhob sich. Er taumelte vor Hunger und
Schwäche. Er riß die Augen auf. Augenblicklich war
alle Schwäche weg. In scharfen Umrissen sah er eine
hügelige Landschaft vor sich liegen.

Er reckte sich. Dorthin also. Er mußte um jeden

Preis effen. Was dann gefchah, wußte er noch nicht,
aber das wußte er. Er ging ruhig auf den Ort zu.

Mitten auf dem Felde kam ihm eine vornehme, junge
Dame entgegen. Zweifellos gehörte fich zu dem Schloffe,
deffen Türme Pifta eben aus den Wipfeln eines großen
Parkes auffteigen fah. Er ftellte fich vor die Dame
hin und ftreckte ihr die Hand entgegen. Sie fuhr mit
einem leichten Schrei in ihre Tafche und warf eine Hand=
voll Silbermünzen in feine ausgeftreckte Rechte.

Er dankte mit einem verächtlichen Grinfen. Hatte
die Angft vor ihm!

Und plötzlich wurde es ihm ganz fchwarz vor den
Augen. Hatte fies ihm etwa angefehen, das . . . das
von jüngft? . . . . .

Er wandte fich nach der Davoneilenden. Die würde
ihm nichts fchaden, er hatte eine Art Überzeugung da=
von. Sie lief querfeldein, nicht zurück nach dem Ort.

Er war auf einmal fo ruhig, fo felbftbewußt ge=
worden. Er fchritt weiter.

Beim erften Wirtshaus machte er Halt. Es war
eine elende Wegkneipe. Ein einäugiges Weib brachte
ihm Speck, Brot und Branntwein. Er aß mit gutem
Appetit, dann bat er um Waffer und eine Bürfte. Sie
gab ihm beides. Er reinigte fich ein wenig, zahlte und
ging. Im Ort kaufte er fich ein Bündel Hanffeile, warf
fie über die Schulter und fchritt weiter. In feinem

ärmlichen Anzug, die Seile über die Schulter gehängt,
wanderte er den schmalen Feldweg hinauf, der neben
der Landstraße lief. Er sah aus wie ein Arbeiter, der
auf eine Bestellung ins nächste Dorf geht. Ihm Ent-
gegenkommenden blickte er ruhig ins Gesicht und bot
ihnen einen guten Abend. Niemand sah ihm nach,
niemand kümmerte sich um ihn.

Als es Nacht wurde, legte er sich in einen Graben
am Wald und schlief.

Er besaß noch zwei Silbermünzen. Für die eine
wollte er sich morgen Brot kaufen. — Am andern Tage
zog er früh aus. Die Straße stieg immer höher.

Die Dächer der Hütten nahmen allmählich eine
andere Gestalt an.

Die Bewohner derselben hatten einen längeren
Winter, als die unten im Flachland.

Und Pista, seine Stricke über der Schulter, schritt
ruhig weiter.

Was so ein paar Tropfen vergossenes Blut alt
machen!

Der Vagabundenjunge von vorgestern war ein
Mann geworden. Sein Kopf saß herausfordernd und
starr auf dem trotzig getragenen Nacken.

Das runde, hübsche Bubengesicht hatte über Nacht
den Kainsstempel auf die Stirn erhalten.

Die Schrift war deutlich zu lesen. Furchen und

4*

Linien, und dazwischen, senkrecht über der Nase, eine tiefe Falte.

Ein Elend, ein Fluch, ein verlorenes Leben ließ sich herausbuchstabieren.

So ein paar Tropfen vergossenen Blutes! . . .

Rote Tinte, in die sich der Griffel der Gerechtigkeit taucht, um ihr „Verdammt" in die Seele des Verbrechers zu schreiben.

„Und auch wegen der Absolution" hatte der Vater gesagt.

Aber wer denkt im Augenblick der Notwehr an die Absolution und den ganzen Bettel von Vorschriften und Gesetzen?

Der Teufel hols! Pista fühlte sich fast wie gewachsen, seit er Blut fließen gemacht hatte. Und doch wühlte ein brennender Schmerz in seinen Eingeweiden.

Er hatte Respekt vor sich bekommen, er war auf einmal etwas, ein Mörder, etwas Großes, Schreckliches, etwas, vor dem sich das Haar auf den Häuptern der Menschen sträubte.

Und doch hätte er gern sein eigenes Blut hingegeben, um die That damit ungeschehen zu machen.

Eine junge Stimme in ihm weinte. Das Kind in ihm. Die Seele. Die Blutschuld hatte sie aufgeweckt. —

Als es spät abends geworden war, ließ sich Pista

schweiß= und staubbedeckt unter einer rotbeerigen Esche
nieder. Ein Kreuz mit einem Bänkchen stand dabei.

Nach einiger Zeit kam eine steinalte Frau, einen
Rosenkranz in der Hand, kniete auf dem Bänkchen nieder
und betete. Pista sah ihr schweigend zu.

Als sie sich endlich erhob, fragte er:

"Hast du auch für mich gebetet, Alte?"

"Für alle armen Seelen" antwortete sie.

"Hältst du mich für eine arme Seele? Bin ja
Fleisch und Bein, Mutter."

Sie sah ihn mit ihren hundertjährigen Augen an:
"Hascher!"

"Hast recht" sagte er mit versagender Stimme.
Und dann: "Ich thu dir nichts; fürchtest dich doch nicht
vor mir, Mutter?"

"Ich fürcht' mich vor niemand mehr" entgegnete
sie und heftete die eingesunkenen Augen auf ihn.

"Drum eben" versetzte er leise, "ich möcht' dich
etwas fragen. Aber darfst nicht erschrecken, — giebt's
kein Mittel, um Blut von einem abzuwaschen?"

Die Alte sagte: "O mein Heiland!" und dann ließ
sie sich auf das Bänkchen nieder und stützte das Haupt
in die Hand.

Das greise Gedächtnis versuchte die Flügel zu regen.
Die Vergangenheit dämmerte noch einmal vor ihr auf.

Die Sonne scheint in ihr Stübchen, wo sie am

Sonntag Nachmittag, während die Andern draußen sind,
einsam über das Märchenbuch der Großmutter gebeugt
sitzt und liest . . . . Achtzig Jahre sinds her.
Ein geheimnisvolles Lächeln spielt um ihre Lippen,
als sie den Mund jetzt aufthut. „Der Prinz Wunder=
hold, goldhaarig und schön wie Gabriel, als er Maria
erschien . . . . Eines Tages erschlägt er den
Bruder, weil die Rosenkönigin Elfriede diesen ihm vor=
zog. Zur Strafe wird er in eine Krähe verwandelt.
Leichen zu vertilgen und den Menschen den Winter ver=
fündigen, ist fortan sein Beruf. Aber einmal erbarmt
sich die silberne Selene seiner und vertraut ihm das er=
lösende Mittel an, das seiner Seele und seinem Leibe die
vorige Königsgewandung zurückgeben kann: . . . . . eine
reine Jungfrau muß dich küssen! . . . ."

Die Alte lächelt in sich hinein. Ein Büschel roter
Beeren fällt vom Baum herab ihr in den Schooß.

Mit einer fast koketten Geberde steckt sie es hinters
Ohr . . . . . .

Pista geht langsam weiter.

Der Kuß einer reinen Jungfrau!

Ein leises Rot legt sich auf seine Wangen . . . . .

Er ging und ging. Er grübelte vor sich hin, dann
und wann schüttelte er mit verächtlichem Lächeln das Haupt.

Am nächsten Tag kam er hoch oben an einem stattlichen Gebäude vorüber.

Er schritt durch das weit offen stehende Hausthor, wo man eben Heu hineinführte. Die Stricke auf seiner Schulter ließen die Leute glauben, es sei des Brunnen= meisters Gehilfe, den sie erwarteten.

Er sah nicht, was er suchte. An einer jungen Magd, die im Hofe wusch, ging er stolz vorüber. Er, der Vagabund, aufgewachsen in dem engen Wagen, der seine Schlaf= und Wohnstube war, kannte das Weib und ihn schauderte davor.

Das war der einzige weiße Fleck in seiner Seele, der einzige Aristokratismus in seiner Gemeinheit: die Unberührtheit vom Weibe.

Jetzt sollte er eins küssen, um von seiner Blut= schuld erlöst zu werden.

Wie sich das eigentlich verhalten mochte?

Aber die Alte hatte es gesagt. Die Alte. Sein Vater hatte ihn Ehrfurcht vor alten Weibern gelehrt. Hexen, allwissende, wären sie oftmals.

Pista trat in den Garten.

In einem sorgsam gepflegten Blumenrondell auf einer Bank saß ein blutjunges, etwa vierzehnjähriges Mädchen und las aus einem Buche.

Pista trat vor sie hin. Sie hatte ihn nicht kommen hören. Plötzlich warf er die Arme um sie. Sie schrie auf.

„Ich bin der Brunnenmacher" sagte er und sah sie mit lodernden Augen drohend an, „gieb mir einen Kuß, ich verrate es niemand; thust dus nicht, so werfe ich Gift in den Brunnen, daß ihr allesamt sterbt."

Sie, einer Ohnmacht nahe, küßte ihn, von seinen Armen halb erwürgt, auf den Mund. Mit gering= schätziger Geberde stieß er sie von sich und schwang sich über die Gartenmauer.

Draußen lief er ein Stück, dann kletterte er auf einen Baum, und saß hier oben im sicheren Laubver= steck, indeß die Knechte des Edelhofes im Ort auf ihn Jagd machten.

In der Nacht verließ er seinen hohen Sitz und ging weiter.

Er ernährte sich von Kastanien, die er pflückte und röstete. Auch Weintrauben gabs die Fülle. Man brauchte nur über die niederen Zäune zu klettern.

Die Landschaft nahm nunmehr den Charakter einer wilden Gebirgsgegend an. Hohe, dunkle Felsmassen begannen sich zum Himmel zu recken. Das Brausen naher Wildbäche wurde hörbar.

Und Pista ging und ging immer zu.

Wohin denn?

Er wußte es nicht. Eben weiter.

Es that ihm wohl, so zu gehen, denn wenn er

nicht ging, wenn alles ruhig in ihm war, hörte er jene junge, weinende Stimme in sich.

Der Kuß der reinen Jungfrau hatte nichts genützt. Entweder war die Alte eine Lügnerin gewesen, oder die Junge nicht rein. . . . .

*   *   *

Als er eines Abends in eine besonders wilde, zer= rissene Felsschlucht einbog, sah er sich plötzlich einer höl= zernen Hütte gegenüber. Ein winziges Gärtchen, ganz von hohen roten und violetten Georginen umwuchert, umgab sie.

Auf einer Bank vorm Garten saß ein alter Mann.

„Jó estét!"

„Isten Hozta!" antwortete der Alte. „Wohin des Weges, Wanderer?"

„Weiß selbst nicht" antwortete Pista, schleuderte seine Seile von der Schulter und ließ sich neben dem Alten nieder. „Wo's Arbeit giebt für einen Tage= löhner."

„Du, ein Tagelöhner" sagte der Alte, auf die fast mädchenhaft zarten Hände des Jünglings blickend. „Welche Arbeiten hast du denn vornehmlich weg?"

„Interessiert Euch das?" Pista heftete seine dunklen Augen auf den Greis.

„Nein, wahrhaftig das interessiert mich nicht. Aber sieh mich nicht so an, sonst fürcht' ich mich vor dir."

Das Letztere klang scherzhaft.

„Hab' niemanden, der mich schützt. Zehn Schritt von hier ist ein tausend Fuß tiefer Abgrund."

„Wo denn?" fragte Pista neugierig.

Der Alte in der braunen Kutte erhob sich mühselig und bog um die Felsecke, von Pista gefolgt.

Ein schauerlich schönes Bild bot sich dar.

Berge, Berge, Berge. Einige mit Schnee bedeckt, einige mit kahlen Häuptern.

Am Saum der senkrecht hinabstürzenden Felswand, in einer Tiefe, wie der Alte sie angegeben hatte, toste ein schäumender Wildbach dahin, der fast die Breite des schmalen Thales ausfüllte.

Ein gutes Auge konnte einige Hütten erkennen, die sich neben dem Wasser erhoben.

„Teufel!" rief Pista, „das ist ein Stück Welt. So schön haben wirs unten im Flachlande nicht."

Die Augen des Alten glänzten.

„Nicht wahr? Ich wohne schon an die dreißig Jahr hier oben, und jeden Tag ists mir neu und lieb."

Der Jüngling kehrte der Landschaft den Rücken und blickte den Greis an.

„Dreißig Jahre wohnt ihr hier oben. Beim

Ochsen des heiligen Lukas, das ist eine lange Zeit?
Seid ihr Priester?"

„Ja und nein. Ich habe keine Weihen empfangen,
aber ich diene dem Guten."

Pista lachte rauh auf.

„Dem Guten? Was heißt das?"

Der Alte sah den Jüngling mild an.

„Dem Guten dienen heißt: Entmutigte aufrichten,
Kranke pflegen, Frohe noch fröhlicher machen, Ver=
zweifelte trösten."

„So, das könnt ihr auch? Das möcht' ich hören"
sagte der Vagabund geringschätzig.

Der Alte legte ihm die Hand auf die Schulter und
sah ihm ins Gesicht.

Pista senkte vor diesem Blick die Augen. Beide
schwiegen.

„Wozu habt ihr denn eine Kutte an, wenn ihr
kein Geistlicher seid?" fragte der Jüngling mit trotzig
geschürzten Lippen und warf den Kopf in den Nacken.

„Weil sie warm hält, und ich sie nicht oft zu
waschen brauche. Siehst du, das braune Tuch nimmt
schwerer Schmutz an als Leinwand, auch der Regen
schadet ihm nicht."

„Warum habt ihr denn kein Kruzifix bei Eurer
Hütte, wie andre Eremiten?" fuhr Pista unfreundlich
zu fragen fort.

„Da steht ja eins" antwortete der Greis, auf den Waldrand gegenüber seinem Häuschen deutend — sie hatten ihren Aussichtspunkt wieder verlassen. „Die Bauern haben es heraufgebracht."

Pista schüttelte den Kopf.

„Ihr seid ein spaßiger Heiliger, ich wette, ihr glaubt nicht mehr als ich."

„Oho, dummer Junge!" Die Augen des Alten lohten auf. „Du Kickindiewelt willst dich mit mir, dem lebenserfahrenen Greis, messen. Du glaubst nicht aus Dummheit, ich w e i ß, ich brauche nicht mehr zu glauben."

„Ihr wißt?"

Zaghaft kam es über die Lippen des Burschen. Seine schönen traurigen Augen bohrten sich in die des Alten.

„Ihr müßt schon vergeben, ich . . . . . . ich kenn' mich in den Dingen wenig aus" sagte er in der Weise eines zutraulichen Tieres, sich dem Alten immer mehr nähernd. „Was wißt ihr denn?"

„Das kann ich dir nicht mitteilen, Bube; zehn Jahre müßtest du an meiner Seite sein, dann würdest dus auch wissen, ohne daß ich dir ein Wort zu sagen brauchte."

„Das ist eine lange Zeit" versetzte Pista nach= denklich, „so lang hielt ichs nicht aus."

„Wo, hier oben?" sagte der Greis, mit zärtlichem Blicke die Gegend betrachtend.

„Hier oben nicht, und überhaupt —". Er vollendete den Satz nicht.

Der Alte sah ihn still an.

„Fahrendes Volk . . . Aber die Seile auf deiner Schulter. Was haben die vollbringen müssen, Mensch? Du kommst weit her und möchtest glauben machen, das nächste Dorf sei deine Heimat."

„Seid ihr ein Polizeispitzel?"

„Nein" entgegnete der Greis lächelnd, „ich bin weder Spitzel, noch Richter, noch Henker. Ich weiß keine Gesetzesparagraphen mehr auswendig, obwohl ich sie einst wußte. Ich weiß nur, daß zweimal zwei vier macht."

Er senkte seine Augen in die des Jünglings.

Pistas Lippen zitterten leise.

„Zweimal zwei: vier. Das versteh' ich nicht."

„Natürlich nicht. Kannst ja nicht lesen, Junge. Oder doch?"

„Nein" antwortete Pista errötend. „Steht das irgendwo?"

„Im Einmaleins, und — in der Bibel."

„Ah, ihr seid also doch fromm. Mein Vater hat mir gesagt, daß die Bibel das Gebetbuch der Pfaffen sei."

„Die Bibel ist kein Gebet-, sondern ein Rechenbuch, das heißt, der Teil von ihr, den ich lese. Das ist der erste, den man das alte Testament nennt. Der andere Teil, das neue, gilt mir weniger. Das haben Söhne einer Zeit geschrieben, der die alte Urweltskraft verloren gegangen war, die nicht mehr den Donner vertrug, son= dern psalmierende Engel in die Lüfte setzte, die so feig am Leben hing, daß sie einen Himmel sich zimmerte, wo sie das Tote barg, damit es fortvegetiere. Die konnte nicht mehr rechnen; das Einmaleins war ihr verloren gegangen."

„Wie lautet das?" fragte der Junge.

„Zahn um Zahn, Auge um Auge, Schwäche für Schwäche, Kraft für Kraft, Tod für Tod, oder: zwei mal zwei ist vier, Bube."

Pistas Brauen hatten sich zusammengewulstet.

„Wißt ihr, ich könnt' ja ein paar Tage bei euch hier oben bleiben, mir . . . ich . . . der Teufel hols."

Er sank auf die Bank und bedeckte das Gesicht mit den Händen.

Der Alte sagte nichts als: „Bleib."

Dann ließ er den jungen Menschen allein und ging in die Hütte.

Die paar Tropfen Bluts hatten dem Jungen plötz= lich die Wissenschaft vom Gewissen gelehrt.

„Zweimal zwei ist vier" brauste es in seinen Ohren.

„Teufel!" zischte er, erhob sich, streckte die schlanken Glieder und ging in die Hütte.

„Ich bin furchtbar hungrig" sagte er zum Alten. „Habt ihr nichts, einige Kastanien, oder —"

„Kastanien gedeihen hier oben nicht" bemerkte der Greis, „aber Maisbrot und Milch kann ich dir geben, auch Käse, Butter und Eier findest du im Schrank."

„Habt ihrs gut" sagte Pista, und schnitt sich ein tüchtiges Stück von dem dargereichten goldgelben Brot ab. „Herrgott, habt ihrs gut."

Und er aß und trank begierig die Milch, die ihm sein Wirt reichte.

„Ja, ich habs gut. Ich bin zufrieden."

„Holt ihr euch das alles selbst?"

„Nein." Der Alte lächelte. „Das wäre ein zu weiter Weg für meine alten Beine. Die Bauern bringen es herauf."

„Sind denn Bauern hier?"

„Du sahst es ja selbst, da unten am Bache stehen etwa zwanzig Hütten. Die Mühle —"

Pista zuckte zusammen.

Den Augen des Alten entging die Bewegung nicht.

„Die Mühle" fuhr er langsam fort, und sah den

Jüngling scharf an, „ein kleines Wirtshaus und etliche Gehöfte. Kannst dir ja die Gegend selbst anschauen, hier vorüber, immer den Berg hinab auf schmalem Graspfad. In zwei Stunden bist du unten."

„Ein weiter Weg" versetzte Pista.

„Für dich nicht, du mußt das Gehen doch gewohnt sein."

„Habt ihr unten etwas zu besorgen?"

„Nein, das nicht. Wenn du dich mir nützlich machen willst, kannst du es auf andere Weise. Zerkleinere mir Holz, rühr die Milch zu Butter —"

„Ich kann also einige Zeit bei euch bleiben?"

„Ja. Wohin willst du dann?"

„Das weiß ich nicht" sagte der Bursche finster.

„Wie soll ich dich rufen?" fragte der Einsiedler.

„Wie ich heiße: Pista Juhaß."

„So heißest du?"

Und plötzlich stand der Alte auf und legte seine wuchtigen Hände auf die Schultern des Jünglings.

„Pista Juhaß, warum bebtest du, als ich das Wort: Mühle aussprach?"

„Weshalb fragt ihr mich? . . . . ."

„Du wirsts doch sagen, ich sehe es ja, deine Lippen brennen darnach."

„Ihr . . . ja . . . aber . . . nun so wißt es, weil ich in einer Mühle Einen . . . getötet hab' . . ."

Seine Augen rollten wild. Ein rötliches Licht brach
aus ihnen.

Der Greis legte still seine Rechte auf sie. —

*   *   *

Sie teilten ein Lager, wie sie ihr Brot teilten. Pista
machte sich nützlich, wo er konnte, brachte und zerhackte
Holz, rührte Butter aus der Milch, die der Alte erhielt.
Als zum erstenmal ein Bauer den greisen Einsiedler aufsuchte, erblaßte er. Der Alte blickte ihn ermutigend an
und zog ihn ins Gespräch mit dem Ankömmling.

„Ein Vetter von mir" sagte er zu diesem.

„Also euer Schwestersohn —."

„Nicht so" lächelte der Eremit, „ein anderes Ver-
wandschaftsverhältnis, aber wenn ihrs nicht in euern
Schädel bringt, laßts euch nicht anfechten."

Der Bauer erzählte unten, des heiligen Mannes
Schwestersohn sei da. Einer nach dem andern kam
herauf, um den Greis zu beglückwünschen, daß er nun
nicht mehr allein sei.

„Du siehst" sagte der Alte, „hier bist du sicher."

„Ich sehs wohl" entgegnete Pista mit heißauf-
lodernder Dankbarkeit im Blick. Aber trotz der kräf-
tigen Nahrung, der gesunden Bewegung in der herrlichen
Luft, kam etwas Greisenhaftes in das Wesen des Jünglings. Er ging gebückt wie unter einer unsichtbaren
Last einher; manchmal verzog sich sein Antlitz in qual-

vollem Krampfe, als ob eine Säge seine Eingeweide
zerschnitte.

Diese Säge ging gleichmäßig hin und her, mit
ihren scharfen einschneidenden Zähnen, heute und gestern,
und morgen und immer würde sie gleichmäßig ihren
Gang gehen.

Einmal schleuderte Pista die Holzhacke weit von
sich, und bedeckte stöhnend das Gesicht mit den Händen.

„Mensch, Mensch" rief der Greis an ihn heran-
tretend, „sei doch ruhig. Zweimal zwei ist vier, vergiß das nicht. Der Tag kommt, da du wieder giebst,
was du nahmst. Bis dahin heiter, und den Kopf in
die Höhe."

„Muß er kommen?"

„Ja" antwortete der Alte mit blitzenden Augen,
„zu deinem Heil. Sags dir doch täglich, und du wirst
still in dir."

Und einmal, als der Klausner ihn wieder so verzweifelt erblickte, zog er ihn neben sich auf das Bänkchen.

„Will dir eine Geschichte erzählen, Bursch'. Da
hinten im Hegyalyer Gebiet, wo Mandeln und Trauben
wachsen wie in Italien, hatte ich meinen Hof. Er war
nicht prächtig, aber groß genug, um zwei Menschen mit
einem Rudel Kinder reich zu ernähren. Felder, Wald
und Äcker gehörten dazu. Ich war sehr jung, kaum
zwanzig Jahr, da nahm ich mir auf Zureden der

Meinigen eine Frau. Sie war nicht schlechter oder
besser als die andern. Denn sie sind alle gleich, nur
die Kleider, die sie tragen, sind verschieden. Also sie
wurde mein Weib.

Nach kurzer Zeit hatte sie jeglichen Reiz für mich
eingebüßt. Eine andere gefiel mir besser. Diese war
die Gattin eines Vetters von mir. Eines Tages stieg
ich ihr nach in die Speisekammer, wohin sie Milch zu
holen ging, und küßte sie auf den Mund. Ich erhielt
eine Ohrfeige. Das war mir neu, und gefiel mir so
gut, daß ich nun keine Gelegenheit vergehen ließ, diesen
Kuß, sei es durch Blicke, durch Geberden ihr gegen=
über, zu erneuern. Ich verfolgte sie kunstgerecht mit
allen Finten eines gewiegten Jägers und erreichte
mein Ziel.

Kurze Zeit darauf starb sie. Selbstvorwürfe und,
wie ich glaube, die Furcht vor Entdeckung hatten ihre
Gesundheit gebrochen.

Ihr Tod ergriff mich tief.

Ein Anderer geworden, wollte ich zu meinem Weibe,
zu den Schirmgöttern meines häuslichen Herdes zurück=
kehren.

Eines Abends, als ich guter Vorsätze voll früher
als sonst mein Wohnzimmer betrat, und mich auf das
Sofa ausstrecken wollte, fand ich Spuren von Cigarren=
asche auf demselben.

„War jemand hier?" fragte ich meine Gattin.

„Niemand" sagte sie gleichgültig. Meine Knechte, das wußte ich, würden sich nie erlaubt haben, rauchend diesen Raum zu betreten; es mußte also doch Besuch dagewesen sein.

„Hier sehe ich Cigarrenasche" fuhr ich hartnäckig fort, „warum leugnest du, daß jemand anwesend war?"

Jetzt warf meine Frau einen Blick auf das Sofa und errötete brennend.

„Das ist — merkwürdig" stotterte sie.

„Warum errötest du denn?" fragte ich noch immer verdachtlos.

Da stürzte sie ohne Antwort aus dem Zimmer. In diesem Augenblick packte es mich.

Ich ging ihr nach in die Küche, wo sie so that, als suchte sie einen Kehrbesen, um die Spuren der Asche wegzuputzen. Ich nahm sie in die Arme.

„Weib, wer ist in meiner Abwesenheit hier gewesen?"

„Janos."

Das war der Gatte meiner Geliebten.

„Janos, und . . . weiter" fragte ich mit lohenden Augen.

„Was denn weiter? Nichts" log sie.

„Nun" sagte ich ruhig und nahm meinen Hut

vom Kleiderrechen, „ich will hinüber, ihn zur Rede zu stellen, was er in meiner Abwesenheit hier gesucht hat."

„Thus nicht!" kreischte sie.

Da hatte ich das erste Geständnis.

„Sag mir nur eins," fragte ich sie, den Hut wieder zurückhängend, „bist du schon eine — Meineidige geworden, oder standest du erst im Begriff es zu werden?"

„Ach Gott!" heulte sie, „ich weiß nicht, wies kam, eines Abends —"

Da hatte ich das zweite Geständnis.

Ein reines Weib würde sich unter einer solchen Anklage aufgebäumt haben, sie heulte und wollte gleich die ganze unsaubere Geschichte erzählen.

„Schweig!" befahl ich. „Hier ist das Herrenzimmer, erzähls im Hof deinen Genossinnen, den Viehmägden. Hinaus!"

Ich faßte sie an den Zöpfen und stieß sie über die Schwelle.

Dann lud ich meinen Revolver und begab mich auf den Weg zu Janos.

Plötzlich packte mich ein Gedanke.

Wie, ich wollte ihn niederschießen, ich, der nicht ein Jota besser gehandelt hatte als er selbst? Ich, der ich ebenso eingebrochen war in seine Rechte, wie er in die meinen? Ich glaube, ich habe damals hell aufgelacht vor Wut und Verzweiflung.

Kannst du dir vorstellen, wenn man an Händen und Füßen gefesselt auf einem breiten Tisch liegt und weiß, daß man sterben muß, und die Henkersknechte kommen mit feinen Bürsten und beginnen einem die nackten Fußsohlen zu streichen, zu kitzeln, mit welchen Gefühlen man da lacht? Und doch lacht man. So lange, bis blutiger Schaum auf den Lippen steht, die Muskeln des geknebelten Leibes die wahnwitzigsten Figuren bilden und die Augen einem zum Kopf heraustreten. So lachte ich in jener Nacht.

Aber ich kehrte nicht um.

„Janos" sagte ich vor ihn hintretend, „ists — Zufall, oder —"

„Oder was?" schrie er.

„Vergeltung" entgegnete ich.

Da riß er die Waffe aus meiner Hand und schlug mir den Kolben über den Schädel, daß ich zusammenbrach.

Als ich erwachte, stand ein Priester an meinem Bette.

„Vergieb, auf daß dir vergeben werde" sagte er, „in kurzem wirst du vor Gott stehen, bedenke —"

„Papperlapap" unterbrach ich ihn, trotz der höllischen Schmerzen in meinem halbzertrümmerten Gehirn, „sag mir lieber, ist — — meine Frau noch hier?"

„Nein" antwortete der Priester rauh, „sie hat sich an dem Abend, da du sie — ertapptest, erhängt."

„Recht so" sagte ich, fiel zurück und verlor wieder das Bewußtsein.

Als ich nach Monaten meine Gesundheit und den vollständigen Gebrauch meiner Vernunft erlangt hatte, verkaufte ich den Hof und ging in die Welt.

Ich war wie ein Stummer, wie ein Tauber geworden. Alle Lockungen des Lebens ließen mich kalt. Ich warf mich auf verschiedene Studien, um den Kummer in mir zu bewältigen.

Ich hatte gesündigt, bezahlt dafür, eigentlich hätte ich ruhig sein können. Aber es schien mir, als hätte ich noch zu wenig, viel zu wenig gethan. Ich trieb mich auf Bibliotheken, Universitäten, auf Renn= und andern Sportplätzen umher. Nichts erfüllte mich mit Genugthuung.

Es mußte ein „Mehr" noch in der Welt geben. Wo lag dies? Ich glaubte nicht an Länder überm Mond, wo weißgekleidete Jungfrauen Hosianna singen; zum Pfaffen habe ich nie getaugt.

Mein Kanaan lag auf der Erde. Meine Erlösung geschah durch mich selbst. Das wußte ich, aber das wie wußte ich nicht.

Schließlich begann ich zum Wein meine Zuflucht zu nehmen.

Der Rausch und der Tod! Sie beide sind die letzten Freunde des Unglücklichen. Aber der Rausch bleibt zu=

weilen aus, wenn man ihn ruft, Freund Tod versagt nie seine Gegenwart, wenn man ihrer ernstlich begehrt. Ich hatte beschlossen, dies zu thun. Heute Nacht wollte ich ihn mir zur Gesellschaft einladen. Der Revolver lag bereit. Da fliegt mir ein Brief herein. Mein Lehrer, — ich trieb auf der Universität mathematische Studien, — mein Lehrer, den ich sehr liebte, mehr als andre Menschen, läge schwer krank darnieder, wollte ich ihn noch einmal sehen, so solle ich schleunigst kommen.

Ja, den wollte ich noch sehen, bevor ich, vielleicht auch er, ging. Ich eilte zu ihm. Er saß aufrecht in seinem Bette. Seine Augen standen weit offen, ein unbeschreiblicher Glanz leuchtete aus ihnen. So leuchten Sterne, bevor sie erlöschen. . . .

„Er stirbt" wimmerte seine Frau mir ins Ohr.

Auf seiner Stirn stand kein Schweißtropfen. Um den Mund lag ein göttliches verzeihendes Lächeln. Er verzieh dem Leben.

„Erkennen Sie mich?" flüsterte ich.

„Wie sollt' ich nicht" antwortete er, „ja ich erblicke dich, aber ich bin viel höher als du, ich sage dir, es ist ein Göttliches . . ."

„Was, was?" rief ich.

„Zu sterben, zu fühlen wie man aufgeht in der Unendlichkeit. Meine Seele sträubt ihr Gefieder —"

Seine Augen wurden wie zwei Wunderthore, durch

die eine strahlende Ewigkeit blickt, — es waren keine
Augen mehr, es waren Abgründe voll Licht . . . .

„Heilige Entfremdung, ich grüße dich, beflügelte
Sohle, eile . . . eile" . . . und plötzlich ging das Lächeln
des Menschen in die Majestät eines Gottmenschen
über . . .

Er war dahin . . .

Da reckte ich den Kopf in die Höhe und rannte davon.

Ich jubelte in die Nacht hinaus, in die weite, un-
endliche Sternennacht.

Mir war, als hätte ich mich selbst gefunden, mein
Heil entdeckt, als hätte ich — Gott begriffen!

Aus den Brunnen der Nacht schien es mir entgegen
zu rauschen: Thor kümmere dich nicht, ich, die Kraft, die
Weltkraft, die den Planeten Sonnen, und den Menschen
das große Einmaleins gab, ich sühne, nicht du, ich!
Zahn um Zahn, Auge um Auge! Vergiß es nicht,
dieses Gesetz aller Weisheit, diesen Urboden, der alle Be-
dingungen deiner inneren Befreiung hervorbringt.

Ich will auf einen hohen Berg steigen, sprach ich
in mir, der Sonne ins Antlitz lachen, und allen Menschen
verkünden, daß sie in seliger Unbekümmertheit leben dürfen.

Ich habe den Tod eines Gerechten gesehen.

Ich habe den Glauben an die Vergeltung empfangen!

— — — — — — — — — — — —

Ich kam hierher und erzählte den Menschen von
der Gerechtigkeit, die Gott ist, und von Gott, der die
Gerechtigkeit ist.

Sie fassen es auf, wie sies verstehen. Aber Bube,
du, hast du denn das alles verstanden, du Kind der
Straße?" . . .

"Verstanden?" stammelte der Jüngling weiß im
Gesichte, "ich weiß nicht, . . . aber es ging wie ein Sturm
von euch aus, und der hat mich fortgerissen . . ."

"Also Knabe vergiß nicht, daß — zweimal zwei
vier ist, und — lache."

Es kam etwas wie eine Würde über den Land=
streicher. Seine Haltung, seine Art zu sprechen, zu essen,
zu gehen, begann einen Adel zu zeigen, wie er nur Vor=
nehmen eigen ist.

*   *   *

Seit jenem Abend, da der Alte seine Seele vor
ihm entblößt hatte, sprachen sie wenig mehr mitein=
ander. Jeder wußte alles vom Andern. Es herrschte
ein schweigendes Einverständnis zwischen ihnen. Der
Junge stand noch immer in seinem Gethsemane, und
fragte sich: Muß es denn sein? Ist es unvermeidlich
daß die Vergeltung ihre schwarzen Wolken über mir
sammelt? Wenns nicht unumgänglich nötig wäre! . . .
das Leben ist doch so schön . . .

Kein Tag verging, ohne daß er eine Fülle neuer
Erfahrungen aufnahm.

Das Auge des Alten hing oft an ihm. Wer hätte
dessen Ausdruck enträtselt?

Eine heilige Grausamkeit schien aus ihm zu sprechen,
vielleicht aber war es auch ein Anderes.

Der Sommer neigte sich seinem Ende zu.

Stürme brachen an. Über den Häuptern der Berge
sammelten sich Blitze.

Wochenlange Regen, dann ein müder blauer Tag,
und wieder wochenlange Regen.

Von unten dröhnte das Geheul des hochhinflutenden
Wildbachs herauf.

Oft hörten es die Beiden in der Nacht, wenn sie
schlaflos auf ihrem Lager ruhten.

Selten besuchte sie jetzt jemand.

Sie hatten im Sommer ihre Wintervorräte gut be-
wirtschaftet, so daß sie keine Not zu leiden brauchten.

Statt der Milch, genossen sie Wein, den der Eremit
zum Geschenk erhalten und in einer Felshöhlung auf-
bewahrt hatte.

Eines Tages brauste der Sturm gewaltiger denn
je. Ein wolkenbruchartiger Regen hatte die letzten Blätter
von den Bäumen gewaschen, Furchen in den Boden
gegraben und an vielen Tannen die Wurzeln bloßgelegt.

Man konnte kaum gehen, das Wasser stand zollhoch

auf Wegen und Stegen. Der Boden vermochte es nicht
mehr aufzusaugen.

In der Nacht erwachten die Beiden über das Donnern
des Baches, das schauerlich von unten heraufdrang.

Am Morgen trat der Alte kopfschüttelnd hinter den
Felsvorsprung und sah hinab.

Erschreckt fuhr er sich über den kahlen Schädel.
Herrgott, täuschten ihn seine Augen, oder war wirklich
ein Teil der Häuser fortgeschwemmt.

„Pista!" schrie er, die Hände an den Mund haltend,
hinüber.

Pista erschien.

„Sieh da hinab. Erblickst du das Wirtshaus, die
Mühle, oder ist dort nicht ein reißender Strudel, der
allerlei Gebälk herumtreibt?"

„Ein Haufen dunkler Gegenstände, ich weiß nicht,
sinds Balken oder Holzstämme, schwimmt da; eben reißt
sie das Wasser hinunter."

Die Hände des Alten zerrten erregt an der Kutte.

„Herrgott, Herrgott, wenn meine Beine mich trügen,
dort unten könnte man helfen, retten, bergen."

Und plötzlich wandte er sich an Pista.

„Möchtest du nicht hinab, Pista? du könntest dir
warmen Dank verdienen."

Der junge Mensch nickte.

„Wenn ihr glaubt . . . ."

Er starrte auf das brüllende Gewässer unter sich.

Und plötzlich überfiel Todesblässe sein Antlitz.

Er sah fragend auf den Alten.

Aber dieser stand bewegungslos da und hielt beide Augen mit machtvollem Blick auf ihn gerichtet.

Da warf der Junge den Kopf in den Nacken.

„Lebt wohl!“

„Halt!“

Der Greis trat einen Schritt auf ihn zu.

Und beide sanken einander in die Arme . . . Ein Zittern lief durch Pistas Glieder.

Er beugte das Knie.

Der Alte legte ihm die wuchtigen Hände fest aufs Haupt.

„Und jetzt hinab, Sohn.“

Der Jüngling raste den schlüpfrigen Grasabhang hinunter.

Ein wildes Zigeunerlied, das er jahrelang vergessen hatte, trat auf seine Lippen.

Sturm und neubeginnende Regenschauer schlugen ihm in das blasse Gesicht.

Er achtete auf nichts.

Halbwegs blickte er noch einmal zurück.

Schon in beträchtlicher Höhe über sich sah er den Alten mit fliegendem Mantel dastehen und seinen Weg verfolgen.

Er glaubte den funkelnden Blick jener gewaltigen
Augen zu sehen, die Hand des Mannes auf den Schul=
tern zu fühlen, den der Tod zum Leben bekehrt hatte.

Pista winkte einen Gruß hinauf und stürzte weiter.

Das Brausen und Donnern um ihn wurde lauter.
Einzelne Töne, wie von Menschen kommend, mischten
sich hinein.

Er wischte sich den Schweiß aus dem eiskalten Gesichte.

Und endlich war er unten.

Am Ufer einen Haufen halbnackter Menschen, die
tropfend von Wasser, ihre armselige Habe dem tosenden
Element entreißen wollen.

„Der Schwestersohn des Heiligen, gebt Platz! Viel=
leicht hilft er uns retten . . . ."

„Aber zum Teufel, verdammte Krämerseelen, laßt
doch euere Kartoffelsäcke, wenns euer Leben gilt . . ."

Pista stieß mit den Füßen in den aufgeschichteten
Kram der Armen.

Sie sahen ihn verwundert an.

Sind die Kartoffel und der Hausrat nicht ebensoviel
wert wie das nackte Leben? Was haben sie von diesem
ohne jenes?

In diesem Augenblick ein herzzerreißender Schrei.

In der Mitte des wilden Stromes treibt ein Bottich
mit einem dicken Weibe darin, das zwei Heugabeln als
Ruder benutzt.

Gegenüber sieht das Dach einer Hütte aus dem Wasser. Ein Knabe steht darauf.

„Die Betten, wirf die Betten heraus!" brüllt die Mutter dem Kinde zu. „Hörst du, die Betten."

Sie will gegen die Hütte rudern — da ein Krach, das Dach ist zusammengebrochen.

Ein verzweifeltes Geheul; das Kind rettet sich auf einen schwimmenden Balken, es schreit nach der Mutter. Das Weib, sein Gleichgewicht im Schrecken verlierend, ist ins Wasser gestürzt. In abgerissenen, gurgelnden Tönen kreischt es um Hilfe; niemand hört es, jeder hat mit den Seinen und dem eigenen Jammer zu thun.

„Erbarmen, Pista, Pista!"

Das Kind gegenüber winselt und schaut hilflos auf die ertrinkende Mutter.

„Pista!"

War das nicht ein ähnlicher Schrei wie jener damals des Nachts, ein Todesschrei? . . .

Man vergißt die nicht. — — —

Und plötzlich hallt es wie der Posaunenstoß des jüngsten Tages an Juhaß Ohren:

„Zweimal zwei ist vier."

Klare Rechnung . . . .

Einen Augenblick Besinnen. — Die menschliche Natur erhebt flehend die Hände, und bettelt um Gnade . . . .

Da bricht ein Lachen aus seinen Augen, ein Blitz des

Triumphs . . „Eljen", brüllt er, „Eljen, a világosság", und springt in den hoch auffspritzenden weißen Gischt.

Seine Hände erfaffen die Haare der Frau, sie aber in ihrer Todesnot wirft die Arme um seinen Hals und zwingt ihn hinunter . . . .

— — — — — — — — — — — — — — — —

Oben stand und stand der Alte und wartete. Als es Abend wurde, und wieder Abend, trat er hinaus und blickte in den Schlund, aus dem der Donner schwächer heraufklang.

Und er breitete wie segnend die Hände aus . . . .

Land!

Janitschek, Kreuzfahrer.

1.

Geo Weidmann steckte die Hände in die Taschen und blickte in den Spiegel. Der Mensch, der da heraussah, war ihm widerwärtig. Wenn er nicht in so nahem Verwandtschaftsgrad zu ihm gestanden hätte, würde er sich mit ihm geschlagen haben. So ging das nicht recht. Es hieß in guter Kameradschaft weiterleben. Was verlangte er übrigens?

War er nicht ein hübscher Bursche, besaß er nicht des Mammons genug, durfte er nicht thun und lassen, was er wollte? Dürfen, ja. Eine bitterböse Sache aber, wenn man vor Hunger den Appetit verloren hat. —

Herrn Geo Weidmanns Mutter war eine aus der Provence nach dem rauhen Norden Deutschlands versetzte Südländerin. Von ihr hatte er die großen, dunklen, traurigen Augen. Sie war längst tot, die schöne Mutter, aber der Vater, ein reicher Kaufherr in Bremen, lebte noch.

Geo hielt sich nicht immer bei ihm auf. Er reiste
ab und zu in andere nahe gelegene Großstädte und be=
mühte sich da, sein Geld unter die Leute zu bringen.

Er trank Weine, die vor Alter bitter schmeckten,
aber sehr hoch im Preise standen, und lief Mädchen
nach, die noch als unreife Früchte am Baume des
Lebens hingen.

Manchmal machte er es auch umgekehrt, trank
junge Weine und verliebte sich in alte Frauen, der Ab=
wechslung wegen. —

Aber in ihm, ganz tief in ihm saß ein uralter
Sybarit: seine Seele, oder wie man es sonst zu nennen
beliebt, und machte zu allem, was er begann, ein
unbefriedigtes Gesicht.

Dieses Ding in ihm wars, das er so nicht leiden
mochte, mit dem er sich gerne gehauen hätte. —

Es guckte in unverschämter Sehnsucht aus seinen
Augen und ließ sich gar nicht verleugnen. Manchmal
machte es sich so intensiv bemerkbar, daß in den freund=
lichsten Augenblicken, zum Beispiel, wenn ein holdes
Mädchen ihm den Becher kredenzte, die Schöne plötzlich
ausrief: „Was ist Ihnen, was haben Sie? Weshalb
sehen Sie so gottverlassen traurig vor sich hin? Fehlt
Ihnen etwas? Sprechen Sie." Er sah dann dem hüb=
schen Mädchen mit einem Ausdruck in die Augen, der
so viel bedeutete als: Bist du aber einfältig! Von so

etwas spricht man nicht, und zu hübschen Mädchen
schon gar nicht. —

Dann kam die Zeit, wo Geo eine edle Regung an-
wandelte. Er wollte ein nützliches Glied der mensch-
lichen Gesellschaft werden.

Er lernte aber bald einsehen, daß die Gegenwart
schon so viele nützliche Glieder besaß, daß er, Geo Weidmann, eigentlich recht überflüssig war. Kein Mensch
wartete auf sein Eingreifen. Er ärgerte sich, daß er in
einer so überaus reich begabten Zeit geboren war. War
nicht fast jeder Mensch entweder Künstler oder Erfinder,
oder zum mindesten ein verkanntes Genie? Pferdebahn-
kutscher machten Verse, Schuster fühlten den göttlichen
Funken in sich und nannten sich: Fußbekleidungskünst-
ler, Schafhirten wurden plötzlich zu medizinischen Auto-
ritäten u. s. w. Um Kommerzienrat zu werden, dazu
fehlte es Geo an Lust. Es giebt schon so viel treffliche
Kommerzienräte auf der Welt. Desgleichen Ärzte, Rechts-
anwälte, Seiltänzer ꝛc. Auch merkte Geo, daß alle diese
„Berufe" ihn unbefriedigt gelassen hätten. Sein Sybarit
verlangte etwas anderes, mehr, etwas ganz hohes, wo-
für man sich nicht bezahlen ließ, das man schenkte, aus
sich herausholte und in fürstlicher Freigebigkeit unter die
Menschheit streute.

Und einmal — es war in seiner prächtigen Villa
am Osterdeich in Bremen, er hatte nach längerer Ab-

wesenheit eben seinen Vater besucht — sah er in die
grauen vorüberziehenden Wolken und dachte nach.

Einen Augenblick vorher hatte er sich geärgert, daß
er nicht alle diese entzückenden Backfische heiraten konnte,
die einem in Bremen auf Schritt und Tritt begegnen,
und plötzlich machte seine Phantasie einen weiten, weiten
Sprung.

Wenn ihn andere Gebiete nicht genug lockten, wie
wars eigentlich mit dem ewigen Reiche der Religion?
Die Mutter hatte so köstliche, fromme provençalische
Kirchenlieder gesungen, in denen der ganze Zauber der
katholischen Wunderwelt wohnte, und der ehrwürdige
Vater mit seinen weißen Brauen und dem wallenden
Bart ging jeden Sonntag nach der alten Martinikirche
und galt als der thatkräftigste Vertreter des Luthertums.
Geo überlegte lange und fand, daß es an wirklich über=
zeugten religiösen Naturen just keinen Überfluß gab.
Wie wärs, schloß er weiter, wenn du dich ganz mit
Leib und Seele der Religion in die Arme würfest? Es
war ihm von klein auf so viel Respekt vor allem Re=
ligiösen eingeimpft worden, daß ihn auf diesem Gebiete
alle Frivolität verließ und er ganz ernsthaft wurde. Zu=
mal er Tolstoj verehrte und noch einige andere, die
praktische Religion lehrten. Geo wußte wohl, daß zu
einem religiösen Genie mancherlei gehörte. Vor allem
ein unerschütterlicher Glaube an sich selbst und die eigene

Sendung, dann eine tüchtige Portion Menschenkenntnis.
Ihm mangelte beides. Aber dafür besaß er zähen
Willen, Verehrung für alles Übersinnliche — die Reak=
tion auf seine Vergangenheit — Geld, Zeit, Freiheit.

Der Vater war freudig überrascht über die Wand=
lung, die mit dem Sohne vorgegangen war. Er dachte,
Geo würde nun Theologie studieren und Pastor werden
wollen, und etwa dann einmal später an der Martinikirche
angestellt werden.

Geo jedoch schüttelte den Kopf. Theologie studieren?
Welche denn? Katholische, evangelische, jüdische? Er
wußte nicht im mindesten, welchem Gotteskult er sich
anschließen würde. Er wollte vorerst alle Religionen
kennen lernen, reisen, lesen; an Ort und Stelle bei den
Menschen, die ja der Ausdruck der Gottheit sind, die sie
anbeten, Studien machen. Der Vater machte ein un=
gläubiges Gesicht und seufzte; da würde nun wohl nicht
viel Gescheites dabei herauskommen.

Geo blieb einstweilen in Bremen und grübelte in
sich hinein. Er hatte viel schlaflose Nächte. Der ernst=
hafte Himmel hier stimmte auch ihn ernsthaft. Er griff
zu allerlei religiösen Schriften. Er überlegte, wohin er
zuerst seine Schritte lenken würde.

Er gefiel sich darin, plötzlich ein Ziel vor Augen
zu haben. Er wollte endlich etwas werden, ein Priester,
das Höchste, das ein Mensch werden kann. Es war

ihm ein schmerzlich wollüstiges Gefühl, alle seine früheren Verbindungen aufzulösen, allem Luxus, aller Verschwendung ein Ende zu machen, um sich einem Unbekannten, Neuen, Gewaltigen hinzugeben. Er ahnte bereits, wie unendlich er das Neue lieben würde.

Empfindungen, deren er sich gar nicht für fähig gehalten hätte, erwachten in ihm. Ehrfürchtige Schauer durchzogen seine Brust, wenn er erwog, daß er sich von nun an nur mit dem Höchsten, Letzten beschäftigen würde.

Die überflüssige Fülle fiel von seinem Körper ab; er wurde schlank, und sein bisher stark gerötetes Gesicht erhielt eine feine, vornehme Blässe. Das Traurige in seinen Augen verschwand und machte einem milden Leuchten Platz. Wie alle, die in einen neuen Zustand treten, gab er sich ganz diesem Neuen hin und dachte an nichts Anderes mehr. Es war wie eine erste Liebe, was sich seiner bemächtigt hatte, und zwar wie eine Liebe, die nimmer nachläßt, wenn sie einmal da ist, vielleicht deshalb, weil ihr Gegenstand ein weit entfernter ist, den man nie an die Brust reißen und auf den gleichen Boden mit sich selbst stellen kann.

Kann man Gott wirklich so lieben? fragte sich Geo erstaunt. Und der Sybarit in ihm antwortete: O ja, wie die Sonne und den Sternenhimmel, und das ist eine echte Liebe, denn man wird hell und licht durch sie.

2.

Es gab unter seinen Freunden einige Dummköpfe,
die den Wechsel in seinen Ansichten nicht begreifen
konnten.

Die Klügeren begriffen sehr wohl, daß gerade Leute,
denen die Erde nichts mehr zu wünschen übrig läßt,
voll Inbrunst die Arme nach etwas ausstrecken, das
das „Pathos der ewigen Distanz" an sich trägt. Beispiel: Ignaz von Loyola, Karl der Fünfte, in der neuesten
Zeit Tolstoj, mehrere Prinzen und Prinzessinnen von
bekannten Namen.

Wenn ein Saulus aber zum Anhänger Gottes
wird, geschieht das mit demselben Fanatismus, mit dem
er früher Lucifer opferte.

So gab sich auch Geo nicht mit ruhiger Ge-
lassenheit, sondern mit Begeisterung seiner neuen Entdeckung hin, daß in Gott nicht nur die ausfüllendste
Arbeit, sondern auch die seligste Erschöpfung sei. Er
baute nun eine chinesische Mauer kalter Abwehr um
sich, ließ kaum jemand Zutritt in seine Wohnung und
vergrub sich in einen Berg von religiösen Schriften. Er
hatte anfänglich den Glauben als Versuchsstation be-
nützen wollen und konnte nun, wie der Pilger in der
Sage vom Magnetberge, von diesem Boden nicht mehr

loskommen. Das Nächstliegende war nun, daß Geo
mit den Geistlichen seiner Heimatstadt in Verbindung
trat, um bei ihnen praktisch in die Schule zu gehen,
bevor er eine Universität aufsuchte, um vielleicht Theologie zu studieren. Er vertraute sich einem der bekann-
testen und berühmtesten Priester seiner Stadt an. Der
Geistliche lächelte über den flammenden Eifer des jungen
Bekehrten und ermahnte ihn zur Mäßigung. Er solle
sich nicht zu viel mit „himmlischen Angelegenheiten"
befassen. Die Religion hätte auch eine praktische Seite.
Geo runzelte die Brauen. Dr. Canelius meinte, er müsse
nach Berlin zu einem wichtigen Kongreß. Wenn er
wiederkehre, wolle er Weidmann auf verschiedene Irr-
wege aufmerksam machen, auf die er sich zu verlieren
im Begriff stände.

Geo fragte interessiert nach den Dingen, die auf
dem Kongreß behandelt würden. Sie wären meist po-
litischer Natur, meinte Dr. Canelius. Ob ein Priester
sich auch mit Politik befassen müsse? Die scharfgeschnit-
tenen, geistreichen Züge des Geistlichen durchhuschte ein
Lächeln. Gewiß und erst recht. Die Kirche wäre nur
dadurch mächtig geworden, daß sie auch die weltliche
Herrschaft an sich genommen hätte, wo sie konnte.

Und Dr. Canelius verbreitete sich in kluger, geist-
voller Rede über die Pflichten des Priesters im neun-
zehnten Jahrhundert. Keine Schwärmerei wolle man

von ihm, sondern ein kluges Vermitteln des Reiches
Gottes mit der Welt. Geo wurde immer stiller unter
der Wucht jener glänzenden Argumente. Endlich ver=
beugte er sich und schritt hinaus. Er hätte am liebsten
geweint wie der Junge, dem man erklärt hat, daß nicht
das Jesuskind, sondern der Dienstmann den Christbaum
gebracht hat. Was kümmert Gott der Streit der Par=
teien? Er stand hell und groß wie eine stille Sonne am
Firmament des Lebens, daß jeder ihn erkennen und
lieben konnte. Mußte man wirklich schlau und klug zu
Werke gehen, um ihm Seelen zu gewinnen? Geo fühlte
einen bittern Geschmack auf der Zunge. Konzessionen
machen, das Ewige gleichsam wie ein leckeres Gericht
den Leuten entgegenbringen, damit sie versuchen wies
schmeckt? Nein. „Halb und Halb" ist gut für die Destille
des Lebens, aber wenn es sich um ein offenes Bekennt=
nis des Geistes handelt?

Weidmann ließ seine Koffer packen, umarmte seinen
Vater und reiste ab, gradeswegs in ein einsames Berg=
thal, Montafone genannt, zwischen dem Bodensee und
Tirol. Dort wollte er nachdenken, fernab von der klugen,
berechnenden Welt. Er mietete sich in ein einsames
Bergwirtshaus ein. Der Herbst war schon angebrochen,
und die paar Sommergäste hatten sich davon gemacht.
Auf den Häuptern der wild zerklüfteten, in die Wolken
ragenden Berge lag Schnee. Scharfe Winde braußten

hinab in die Thäler und erweckten eine Ahnung von
dem neun Monate währenden Winter.

Eines Spätnachmittags, als Geo in Gedanken ver=
sunken neben einem wild hinstürmenden Bergbache hin=
schritt, hörte er den süßen Klang eines Glöckchens. Er
lauschte erstaunt, wandte sich spähend um und sah end=
lich einen jungen Geistlichen, von einem ältern Manne
begleitet, daherkommen. Die Hände des Priesters drück=
ten einen bedeckten Kelch fest an die Brust. Sein hageres
Gesicht war von tiefer Blässe überhaucht; nur die Augen
leuchteten. Geo, von einem mächtigen Impulse getrieben,
folgte dem seltsamen Paar.

Der Geistliche verschwand in der Hütte eines schwer=
kranken Bauern. Als er nach längerer Zeit wieder er=
schien, gesellte sich Geo zu ihm. Ihr Weg führte durch
einen steil abfallenden Tannenwald in die Tiefe. Nach
kurzer Zeit hatte der Priester ungefähr einen Blick in
die Seele seines Begleiters erhalten. Er lud ihn ein,
mit ihm zu kommen. Er bewohnte ein halbzerfallenes
Häuschen neben einer kleinen, hölzernen Kirche. Der
alte Meßner, der zugleich Totengräber auf dem nahen
Kirchhof war, bediente ihn. Er bot Geo ein Glas
Milch und steinhartes Schwarzbrot an, anderes hatte er
nicht. Weidmann bebte vor Kälte in dem kleinen un=
wirtlichen Raum, der dem Geistlichen als Wohnstube
diente. Er fragte Augustinus, wie er es hier ertrage

in dieser fürchterlichen Bergwüste, wo der Winter fast
das ganze Jahr dauere. „Ich bin sehr glücklich" war
die Antwort. „Woher nehmen Sie die Kraft?" Die
Wangen des jungen Mannes röteten sich sanft.

„Die erhält man, wenn man sie braucht."

Geo sah in das trübselige Talglicht, das Augustinus
zu Ehren des Gastes angezündet hatte. Ein Schauer
glitt ihm von der Stirn bis in die Fußspitzen hinab.
Diese kahlen, ärmlichen Wände, durch die der Sturm
pfiff, diese rohen, notdürftigsten Bauernmöbel, das Ge=
sicht des Aufwärters, das selbst einem Totenkopf glich,
die Beschäftigung des Geistlichen: bei Nacht und Nebel
über unwirtsame Waldwege Sterbenden die letzte Zeh=
rung zu bringen, beständig den Tod vor Augen haben
durch den Anblick dieses fast immerwährenden eisigen
Winters: alles dies ertragen zu können, setzte eine Art
höheren Wesens voraus.

„Es ist ein Wunder" stammelte Geo und erfaßte
die schlanken Hände des Priesters.

„Vielleicht ist es eines."

„Warum eilen Sie nicht in die Welt hinaus und
schreien es in aller Ohren: «Brüder, es giebt Wunder.
Mein Gott thut sie. Kommt zu mir, ich will ihn euch
lehren.»"

Augustinus schüttelte den Kopf. Was sollte mir

das? Was geht mich die Welt an? Nicht einmal der
da draußen", er wies nach der Küche, in der der Toten=
gräber am Herde hantierte, „weiß, was in mir vor=
geht."

Geo gings wie ein Blitz durch den Kopf. Dieser
hier, war er nicht der Gegensatz jenes andern „Ver=
mittlers?" Jener diente Gott, mit einem Auge nach
dem Himmel, mit dem andern nach der Erde schielend.
Dieser hier hielt beide Augen nach dem Himmel ge=
richtet. Ihn kümmert die Welt nicht. Er geht nur
zu Leuten, die sterben. Ihnen vielleicht enthüllt er ein
oder das andere Geoffenbarte. Sie aber können es
nimmer weiter verbreiten zum Nutzen der andern. —

„O, kommen Sie hinaus" rief Geo, „kommen Sie
hinaus, erzählen Sie draußen von den starken Händen
Ihres Gottes, von seinen Flammen, von seiner Gnade.
Söhne dieses Gottes sind berufen, die Welt zu er=
obern."

Der junge Geistliche lächelte mit geschlossenen Augen.
„Lassen Sie mich hier. Der Herr kommt nur zu dem
Einsamen; zöge ich hinaus, verlöre ich ihn."

„Dann sind Sie ein Egoist; Sie wollen das Wun=
der für sich behalten. Sie wollen nicht schenken, Gei=
ziger."

„Schelten Sie mich!" Der Priester neigte demütig
das Haupt. „Christus möge Ihnen verzeihen."

Geo ging fort.

Er ging durch den nächtlichen Wald. Der Herbst=
wind trocknete seine Thränen. Hoch oben durch dunkle
Wolkenklüfte sah ein großer glänzender Stern.

Geo blickte zu ihm auf und wurde ruhiger. „Bin
ich ein Narr? Was will ich eigentlich? Ich renne in
der Welt umher, um Stufen zur Seligkeit zu entdecken.
Die eine ist mir zu glatt, die andere zu rauh. Und —
Flügel giebts nicht." . . .

Er verließ das Montafonethal und trieb sich etliche
Monate planlos in der Welt umher. Dann ging er
nach Paris.

Hier machte er die Bekanntschaft eines seltsamen
Menschen. Er war nicht mehr jung, kahlköpfig, mit
ein paar ganz wunderlichen Augen. Seine Nahrung
bestand meist aus Pflanzenkost oder Reis. Er bewohnte
ein kahles Hofzimmer, fühlte sich aber hier sehr zu=
frieden. Geo kam nicht dahinter, ob er vermögend
oder arm war. Seine Ansprüche an das Leben waren
die denkbar geringsten. Er wollte nach einigen Monaten
weiter nach Deutschland reisen, das er noch nicht kannte.
Er kam aus Indien, wo seine Eltern, einst dort ein=
gewanderte Franzosen, sich niedergelassen hatten. Er
beherrschte vierzehn Sprachen, kannte die ganze Welt=
litteratur, war aber so bescheiden, daß Weidmann be=
schämt wurde über sein eigenes selbstbewußtes Auftreten.

Sie hatten einander in der Bibliothek kennen ge-
lernt, wo beide täglich einige Stunden zu lesen pflegten.
Die fast unnatürliche Ruhe des neuen Bekannten, der
sich Gaston Teckley nannte, übte einen geheimnisvollen
Reiz auf Geo aus. Er suchte Gaston näher zu treten
und begleitete ihn bald auf seinen weiten, einsamen
Ausflügen in der Umgebung der Stadt. Natürlich erfuhr Teckley bald von dem wunderlichen Seelenzustande
seines Gefährten. Etwas wie ein Lächeln huschte über
seine fahlen Züge. Dann stellte er allerlei Fragen an ihn.
Als Weidmann sie in seiner ehrlichen, etwas stürmischen
Weise beantwortete, und Teckley merkte, daß er einen
aufrichtigen, wenn auch ein wenig verschrobenen Kauz
vor sich hatte, ging er gemach aus seiner Zurückhaltung
heraus. Seine merkwürdigen Augen, die meist ins Unbestimmte sahen, gewannen einen festen Ausdruck und
richteten sich auf Geo. Dann erzählte er ihm von
schönen Büchern, die es gebe, und daß er einmal versuchen solle in ihnen zu lesen. Er brachte selbst mehrere mit, als er Weidmann einmal besuchte. Sie waren
in englischer Sprache geschrieben, die Geo wie seine
Muttersprache beherrschte. Er las. Anfänglich vermeinte er in einem Märchenbuche zu blättern. Bald
war ihm als höre er leise Wasserfälle um sich rauschen,
und sein musikalisches Empfinden erwachte; bald kam
er sich vor wie von gestaltlosen Kräften in eine un-

beschreibliche dämmernde Einsamkeit getragen, die sich
grenzenlos durch alle Himmelsgewölbe hinzog und aus
deren geheimnisvollen Schatten die Weltseele zu ihm zu
sprechen schien. Es wurde ganz still und andächtig in
ihm. Er lag stundenlang mit geschlossenen Augen auf
seinem Divan, blickte in sich hinein und horchte dem Öffnen
der Knospen eines neuen Hoffnungslenzes in sich. Dann
griff er wieder und wieder zu den wunderlichen Büchern.
Auf eine einmal wie zufällig hingeworfene Bemerkung
Teckleys begann er sich des Weines und der Fleisch=
speisen zu enthalten und seine Nahrung nur auf das
Notwendigste zu beschränken. Er sprach tagelang nicht,
schlief auf einem harten, kühlen Lager, und fing an
sich zu bemühen, seine Gedanken ausschließlich auf einen
Punkt zu richten, den Punkt, den er eben in seine Auf=
merksamkeit ziehen wollte.

Nach einiger Zeit hatte er einen Theil jener Ruhe
erlangt, die ihm an seinem Freunde so wohlgefiel.

Eines Tages sagte er zu Teckley:

„Was soll ich nun? Hier weiter leben und lesen
und nichtsthun, oder irgendwie durch Thaten mich gei=
stig vorwärtsbringen? Ich kenne eigentlich noch nicht
den Gott, der mich gefesselt hält, aber ich fühle ihn
mein Wesen und Denken durchdringen."

Teckley sagte: „Töte nie ein Thier, sei gütig gegen
deine Mitmenschen, und bemühe dich immer weniger

zu wünschen und zu erwarten. Mehr brauchst du nicht
zu thun. Das andere kommt von selbst."

„Und zu wem soll ich beten?"

Da senkte Teckley das Kinn auf die Brust.

„Zu keinem."

Dann, nach einer Weile, meinte Weidmann:

„Und wie nenne ich mich jetzt?"

„Du bist Buddhist."

Geo saß und blickte in sich und hatte der Wünsche
immer weniger. Und dann nach und nach erfuhr er
alle die seltsamen Erscheinungen, die der ganz Insich-
versenkte erlebt. Die Wände verloren ihre Dichtigkeit
für ihn und wurden zu durchsichtigen Krystallen, durch
die er hindurch sah; die Stille wurde ihm tönend voll
von gewöhnlichen Ohren unvernehmbaren Lauten, und
die Nacht lag vor seinen durchgeistigten Augen in hellem
Glanz.

Eines Tages sagte er zu Teckley:

„Das Wunder klopft bei mir an."

„Es wird ganz hereinkommen, wenn du erst so weit
bist, das Gewand deines Fleisches ausziehen zu können
und als freier Geist in deinem Körper aus- und ein-
zugehen, wie dirs beliebt."

„Giebts einen solchen Menschen?" fragte Geo und
senkte die Augen.

Teckley zögerte einen Augenblick; dann versetzte er leise: „Mehrere, viele solche giebt es.“

„Nenne mir Einen von ihnen; ich möcht' ihn sehen.“

„Du hast noch Neugierde?“ Der Lehrer sah mit leisem Vorwurf den Schüler an. Aber dann sagte er gütig: „Man kann seiner Eigenschaften nur ledig werden, wenn man sie auslebt. Also folge deiner Neugierde. Einer jener Erleuchteten nennt sich Sankâra und wohnt in einem Thale von Thibet.“

Geos Augen glänzten.

„Du willst zu ihm reisen, reise!“

Der Meister hatte ihn durchschaut.

Geo zitterte vor Freude und Erwartung, einen Adepten, Einen, der viel mehr als ein Mensch sein sollte, von Angesicht zu Angesicht zu sehen — Einen, der freigebig bis zur Verschwendung mit den Offenbarungen der Ueberwelt war, der die Rätsel und zugleich die Rätsellosigkeit der Natur und ihrer magischen Kräfte ergründet hatte, den nur das Mitleid mit den Menschen wieder zur Erde steigen ließ . . .

Geo verließ Paris und schiffte sich in Marseille ein. Von seinem Vater hatte er Empfehlungsschreiben an mehrere bekannte Großkaufleute in Indien erhalten. Teckley gab ihm die Adressen einiger Gesinnungsgenossen mit. So reiste er ab. Er empfand nicht die Strapazen der Reise, keine Besorgnisse vor allen kommenden Anstrengungen. Er sah nur das Ziel vor sich. Er malte sich mit den glühenden Farben seiner Phantasie den Mann aus, vor den er treten würde.

Es war ein Greis mit majestätischen Zügen und langem wallenden Haupthaar. Zwei abgrundtiefe Augen, in denen die Weisheit ihr Obdach gefunden zu haben schien, blickten aus dem heiligen Antlitz. Und Geo sah, wie er zu Füßen dieses Mannes niedersank und das Gesicht in die Falten seines weißen Kleides drückte. O wie würde er aufstehen! Welche Kräfte mochten ihn erfüllen, wenn er sich erhob! . . .

Das Meer rauschte seine heiligen Psalmen in die Phantasien des jungen Menschen.

Eines Tages verstummte es, und Land, ein fremder Erdteil, lag unter seinen Sohlen. Was kümmerten ihn die Städte des Orients mit ihrer fremdartigen Pracht, was die Menschen, die Sitten, die Gesetze hier. Er drängte vorwärts, nur vorwärts. Eine fieberhafte Ungeduld verzehrte ihn, machte ihn schwach, fast krank. Aber was galt ihm jetzt sein Körper. Seine Seele schrie nach dem Heiland, dem weißen Greise, der ihm sagen würde: „Früher hast du an einen Gott geglaubt, an einen großen Despoten im Himmel, der die anderen kleiner als sich gemacht hat. Ich aber lehre dich, daß jeder sich selbst beherrschende Sterbliche ein Gott ist, der

beliebig im Leibe oder außerhalb des Leibes wandeln
darf, für den es kein räumliches noch zeitliches Hinder=
nis giebt." . . .

So träumte Geo. Eines Tages kreuzte er die
Hände über der Brust.

Die schneebedeckten Zinnen des Himalaya waren
aus den Wolken hervorgetreten.

3.

Er fühlte eine kühle und doch warme Luft seine
Wangen umspielen. Er sah meilenweite Gärten und
Felder, die im durchsichtigen Glanz eines helleren Lichtes
schwammen als daheim. Ihm war als hätten alle
Blumen des Lenzes Flügel bekommen und wiegten sich
in den Lüften. Das waren die Vögel des Orients mit
ihrem farbigen Gefieder, die, in fremdartigen Lauten
singend, ihrer Daseinslust Ausdruck verliehen.

Und über allem ein seltsamer Duft nach Sandel=
holz und Jasmin, nach köstlichen Früchten, die irgendwo
im Laube versteckt sein mußten. Geos Blicke verloren
sich nicht in die Einzelheiten dieses wunderlichen Landes;
sie suchten immer wieder und wieder die silbernen Gipfel
des Beherrschers aller Gebirge der Erde.

Dort in den Spalten seines gleißenden Schneeman=
tels lag irgendwo versteckt das Thal, in dem der Weise

wohnte, er, der Wunderwelt herrlichstes Wunder. Und
Geo zog mit den schweigsamen Führern, die er sich ge-
mietet hatte, auf dem Rücken seines Kameels weiter
und weiter.

Eines Tages kamen sie an einen Hain mit großen
Blumen und murmelnden Quellen. Über den breit-
ästigen Fruchtbäumen ragten goldbraune Felsen empor,
die von zarten grünen Grasadern durchzogen waren.
Weiter oben wurden sie kahler und ernster und verloren
sich in Klippen und Zacken, hinter denen noch höhere
und immer höhere in unheimlicher Großartigkeit auf-
tauchten. Manchmal flog es wie weiße durchsichtige
Schleier über die Gegend. Das waren Nebel, die sich
aus den Schluchten loslösten.

Dann ging es wie ein Aufatmen durch die Blumen
und Bäume, und ein Augenblick feiernder Stille nahm
alle in seine stumme Seligkeit auf. . .

Hier in diesem Hain verließen die Führer ihre
Tiere und sprachen mit leisen Stimmen unter sich. Und
dann sagten sie zu Geo: „So, Herr, nun mußt du allein
weitergehen. Wir dürfen nicht tiefer hinein in das
Heiligtum. Der, den du suchst, wohnt im Schatten des
mächtigen Nigrodho-Baumes, hinter dem sich die vier
Gewässer des Gartens treffen. Gehe nur mutig vorwärts. Vor der Hütte des Buddha sitzt ein Jünger,
der dich zu ihm hineinführen wird.“

Und Geo strich sich die Haare aus der glühenden
Stirn, stieß noch einen tiefen Atemzug aus und schritt
weiter in die smaragdenen Schatten des Gartens. Es
wurde stiller und stiller um ihn. Selbst die Vögel
schienen hier in der Nähe des Erleuchteten sich andachts-
vollem Schweigen hinzugeben. Geo gebot seinem Herzen
ruhiger zu schlagen.

„Zittert nicht, Hände!" sagte er, „bald sollt ihr den
Kleidsaum des Heiligen berühren." Da drang ein leises,
ganz leises Tönen an sein Ohr. Als ob Mondstrahlen
zu Stimmen geworden wären oder Libellenflügel über
Geigensaiten schwirrten. Und unter dem breiten Blätter-
dach eines Nigrodho=Baumes tauchten die Umrisse einer
Hütte auf.

Auf der Schwelle kauerte ein Mensch, das Haupt
in die Hände gestützt, anscheinend in tiefe Gedanken versunken. Bei den nahenden Schritten sah er auf.

„Kann ich Sankâra sprechen?" stammelte Geo. Der
Jünger sah ihn einen Augenblick mit seinen halbver-
schleierten Augen an; dann kreuzte er die Hände über
der Brust. „Folge mir." Er trat in das Innere des
Baues.

„Warte, warte!" stotterte Geo, den eine Ohnmacht
anwandeln wollte.

Die Majestät des heiligen Greises, von dem er seit
Monden träumte, erschütterte ihn, nun er ihr gegenüber

treten sollte. Er faßte sich und blickte seinen Begleiter
an. Da schlug dieser einen Vorhang zurück, und Geo
sank in die Kniee — aber nur, um sich wieder zu er=
heben und mit zwei gleichsam verwundeten Augen die
Szene anzustarren, die sich ihm bot.

In einem mit glänzenden Stoffen ausgeschlagenen
Gemach, das hochstielige Blumen in reichen Gefäßen
durchdufteten, stand ein thronähnlicher Sessel. In diesem
lag, in schneeweiße Seide gekleidet, ein junger Mensch
von fürstlicher Schönheit. Ihm zu Füßen ruhte ein
Mädchen, das bei Geos Eintritt hastig einen Schleier
vor das Antlitz zog. Aber der eine Blick hatte genügt,
ihm das bezauberndste Frauenantlitz zu zeigen. Ein
wunderlich geformtes, langes, schmales Elfenbeininstru=
ment mit zwei Saiten, das in ihrem Schooße lag und
noch von der Berührung ihrer Finger vibrierte, erklärte
ihm die Töne von vorhin. Und Geo sah in dieses
Leben gewordene Märchen des Morgenlandes. Er sah
mit seinen ehrlichen Augen, die einen Heiligen zu be=
grüßen gehofft hatten und einen Sardanapal fanden.

„Bist du Sankàra?“ Seine Stimme zitterte
schmerzhaft.

Der Prinz richtete sich leicht in seinem Sessel auf.
„Ich bin Sankàra.“

Geo fühlte zwei Augen wie die Augen einer Hindin
braun und sanft sich entgegenblicken. Das wie aus

dunklem Erz gemeißelte herrliche Gesicht des Indiers
dünkte ihm in diesem Augenblick keinem Menschen an=
zugehören, aber auch nicht dem Übermenschen, den zu
finden e r gekommen war. Es war ein fremdartiges
Gebilde, das aus einer fremdartigen Schöpfung hervor=
gegangen zu sein schien.

„Ich wußte, daß du heute kommen würdest."

Das Weib zu Sankaras Füßen erhob sich und
verschwand mit seinem Instrument hinter einem Vor=
hang.

„Du wußtest es, du! Haft du denn Raum in dir,
an anderes zu denken als an die schwelgerische Üppig=
keit, die dich umgiebt?"

Sankaras Lippen öffneten sich zu einem Lächeln,
das zwei Reihen der wunderschönsten Zähne enthüllte.

„Du bist ein Neuling. Eigentlich hätte dich Teckley
noch nicht fortlassen dürfen."

In Geos Zügen malte sich lebhafte Bestürzung.
„Wie, du weißt? . . Hat er dir geschrieben?"

„Nein, er hat mir nicht geschrieben; aber ich wußte
es doch."

„So bist du kein — Gaukler?"

Geo warf sich mit ausgebreiteten Armen vor San=
kara nieder.

„Nein, ich bin kein Gaukler."

„Aber weshalb duldest du Seide an deinem Leib?

weshalb trinken deine Augen den Unblick der Schönheit? weshalb umkost dich Musik?"

„Es ist der Ring." Sankaras Augen wurden um einen Schatten dunkler und richteten sich über Geos Haupt.

„Es ist der Ring, dessen Wesen du noch nicht begreiffst. Als ich noch um Erleuchtung kämpfte und durch jahrtausendelange Wiederverkörperung mich Schritt für Schritt vorwärtsbrachte, habe ich mir diese Raststätte unter dem Baum des Buddha verdient. Dieser Körper, den du heute vor dir prangen siehst, war durch lange Leben elend und siech. In meinem vorigen Dasein war ich ein Fürst der That, in diesem bin ich ein Fürst des Genießens und im nächsten" — er hob die Arme in den langen schneeweißen Ürmeln langsam empor — „werde ich ein Fürst der Ruhe sein."

„Und dann" brach es fast schreiend aus Geos Munde, „bist du dann erlöst, frei, fertig mit der Zukunft?"

Sankara bewegte verneinend den Kopf.

„Dann, nach dem Aufgetrunkensein meiner selbst, wird die Wirkung wieder zur Ursache werden, und ich und du, wir werden von neuem einander begegnen."

„Also hoffnungslos; kein Gott droben im Himmel, bloß der ewige, entsetzliche, leere Kreislauf, das Rad mit der eisernen Rinne, die zermalmt und zwischen

ihren Furchen gleich das Tote in neuen Keimstoff um=
setzt und ausfät!"

Von nebenan ertönte ein weiches Klingen wie aus
der Tiefe bewegter Saiten. Geo lauschte einen Augen=
blick lang. Dann sprang er auf.

„Dein Ring gefällt mir nicht, o Sankara." Er
hob den Vorhang auf und ließ ihn hinter sich nieder=
gleiten. . . .

Draußen kauerte der Jünger, in tiefes Grübeln
verloren. Geo schritt an ihm vorüber. Er schob die
hohen schlankstieligen Blumen ungeduldig zurück, die
ihre stillen Gesichter an das seine schmiegen wollten und
eilte zum Ausgang des Hains. Hier bestieg er sein
Kameel und schlug mit den Führern den Rückweg ein.

4.

Eines Tages schaukelten ihn wieder die Wellen des
Meeres.

Teilnahmlos saß er auf dem Verdeck und schaute
ins Wasser. Alles, was er in dieser Zeit that, geschah
halb mechanisch aus dunklem Instinkt heraus. Wie
ein Nebel lags über seinem Innern. Er hatte ein
festes Gut: die Freude am Leben — gegen ein un=
sicheres: die Erkenntnis — vertauscht und war dabei zu
kurz gekommen.

Die Freude an den Vergnügungen des Alltags
hatte sich nicht wieder eingestellt, und die Hoffnung auf
Besseres war in weite Ferne gerückt. Wäre es nicht
das Klügste, ich machte allem ein Ende? dachte er eines
Spätnachmittags, in die Wellen starrend.

Da begann eine laute Bewegung auf dem Schiffe.
Die Leute schwenkten Tücher und machten frohe Gesichter. Im roten Abendlichte stieg aus den schimmernden Wasserthälern eine Stadt auf.

Geo rieb sich die Augen! War es möglich! Marseille! Man hatte schon längst die Küste erblickt, aber
er in seiner Versunkenheit hatte sich um nichts ge-
kümmert. Mechanisch ließ er sich nun von den Andern
treiben.

Sein Fuß betrat denselben Boden, den er mit so
vielen Hoffnungen verlassen hatte. Er schritt in die
Stadt. Da begannen von allen Türmen die Glocken
zum Abendgebet zu läuten. Der Himmel tropfte vor
Glanz; purpurne Wolken waren um den versinkenden
Sonnenball wie Vasallen geschaart. Bist du Gott? fragten
die Augen des Mannes in das große, zügelose Antlitz
blickend. Oder giebts wirklich keinen. Ist das Uni-
versum in der That nichts weiter als ein in alle Ewigkeit hinrollendes Rad, bewußtlos, ziellos, ein blinder
Mechanismus? Dies schien das Credo des Buddhismus.
Welchen Gewinn zog die Menschheit daraus? Wurde

sie veredelt durch die Aussicht, Tagelöhner der Ewigkeit
zu sein? Es ist schön, nicht um Lohn zu arbeiten; aber
ein Ziel muß der Schaffende mindestens vor Augen
haben.

Hatten diese Menschen etwa eins? Besaßen sie ein
Gut und Böse? Wenn ein Lump praßte und seine
Mitmenschen zu Tode folterte, sagten sie sanft: Er hat
sich seinen gegenwärtigen Lebensfeiertag im vorigen Dasein verdient. Sie kasteiten sich, um gewisse innere Kräfte
zu erlangen.

Der schöne Fürst mit dem schönen Weibe zu seinen
Füßen, der Adept, nützte er irgend einem Menschen,
brachte er einen vorwärts, hatte er in seinem Leben eine
Thräne getrocknet?

Die letzten Glockentöne verklangen, nur noch ein
ganz kleines Glöcklein irgendwo in der Ferne sang
leise . . .

Und plötzlich sah Geo eine wilde Gebirgslandschaft
vor sich, eine Nacht mit tausend Sternen, und zwei
blasse, schweigsame Hände, die einen Kelch an die Brust
preßten . . .

Laß mich hier bei meinen Sterbenden; hier ist genug Boden, um dem Herrn zu dienen. Laß mich frieren,
darben, verlacht werden von den Menschen, verunglimpft
durch ihre Zweifel an meiner Ueberzeugung, was macht

dies? Christus ist mein Meister, er, der den Elenden das Himmelreich verspricht und die Kinder in seine Arme nimmt... Geo wars als fiele ein Schleier von seinen Augen.

Wie hatte er diesen Menschen des Geizes, der Gleichgiltigkeit zeihen können! Er war wahnsinnig gewesen. Er hatte geglaubt, ein Gott müsse durch Drommetenstöße verkündet werden, durch Feuerbrände, die von allen Altären loderten.

Hatte er vergessen, daß die Stimme des Lichtes lautlos ist? Daß die Wärme kein Wort sagt, wenn sie dem Frühling die Augen wachküßt? Daß der laute Tag, wenn er vor dem Herrn niederkniet, um ihn anzubeten, zur schweigenden Nacht wird?

O, der Gott, dem solche Söhne dienten, mußte wohl ein gewaltiger Gott sein! In der Rechten trägt er die Weltherrschaft, in der Linken die Gnade . . .

Geo schritt wie ein Traumwandler durch die im Abendrot brennende Stadt. Dann brach ein heimliches Lachen aus seinen Augen. Er warf sich in den nächsten Eisenbahnzug, der nordwärts ging.

Nach drei Tagen stand er vor Augustinus. Sprechen konnte er nicht. Er lehnte sich an die weißgetünchte Mauer der Stube und senkte den Kopf.

Augustinus erfaßte seine Hände.

„Verstehe ich Sie? Und Sie wollten mir beweisen, daß ich, um des Herrn Triumph zu verkünden, in die Welt hinaus müsse? Sie sehen, die Welt kommt zu mir."

Sie lächelten und umschlangen einander.

Poverino

Janitschek, Kreuzfahrer.

Seine Kindheitsgeschichte ist bald erzählt.

Unter einem Busch, in ärmliche Decken gehüllt, hatten sie ihn gefunden. Kein Mensch wußte, wer seine Eltern waren. Da man ihn nicht verkommen lassen konnte, taufte man ihn und übergab ihn einer Alten, die für seine Pflege etliche Lire von der Gemeinde erhielt.

In seinen ersten Lebensjahren lag er halbnackt, wenig beaufsichtigt auf dem Anger hinten im Dorfe und ließ sich von der Sonne bescheinen. Tag für Tag ruhte sie auf ihm mit brütender Wärme, bis sein kleiner Leib die gesunde Farbe bräunlichen Goldes angenommen hatte und seine Augen und Lippen vor Leben brannten. Da begann er Purzelbäume zu schlagen und zu kreischen vor Lust.

„Das Tier" sagte der Gemeindeälteste, nahm ihn

dem alten Weibe weg und gab ihn zu einem Stein=
klopfer in die Kost.

Er war unbändiger als die bösen Rangen seines
Ziehvaters und lag sich mit ihnen beständig in den
Haaren. Trotzdem er so viel Prügel erhielt, daß seine
geraden Glieder wie ein Wunder erschienen, entfaltete er
sich von Tag zu Tag blühender.

Sobald er so weit herangewachsen war, gab man
ihn in die Schule. Er lernte nichts, stahl aber wie
eine Elster.

Manchmal verschenkte er von dem Gestohlenen,
denn er war gutherzig; nur liebte er es, sich satt zu
essen und hie und da ein Spielzeug zu besitzen.

In der Religionsstunde benahm er sich frech und
zeigte vor dem Erhabensten keinen Respekt. Wenn von
den Foltern der Heiligen die Rede war, von den Bußen
und Geißelungen, denen sie sich Christus zu Liebe unter=
zogen, lachten seine sonnentrunkenen Augen: Pazzi! Und
wenn man das Leiden des Herrn schilderte, verzogen
sich seine Lippen verächtlich und zeigten die weißen,
nach der derben Kost des Diesseits begierigen Zähne.

Je mehr Prügel er von seinen Lehrern erhielt, je
mehr Hunger er litt — der Steinklopfer bedachte zuerst
die eigenen Kinder mit den kargen Bissen, die er zu
verteilen hatte — um so lauter und lärmender wurde
er. Als er zum ersten Mal im Beichtstuhl kniete und

ohne Spur von Reue seine Sünden bekannte, flüsterte
der Pfarrer:

„Sag, Gaetano, wirst du immer so schlecht bleiben
oder wirst du endlich anfangen, ein braver Junge zu
werden?"

Da stieß der Junge die Zähne zusammen.

„Das ist für des Syndacos Antonio oder die jungen
Conti Calvo." Und der Pfarrer schauderte und dachte:
in Grund und Boden verdorben. Da ist nichts mehr
zu bessern.

Gaetano verließ mit seiner mißhandelten Seele so
trostlos die Kirche wie er sie betreten hatte. Draußen
warf er mit Steinen nach einem Vogelnest und trottete
nach Hause.

Als er lesen und seinen Namen schreiben konnte,
nahmen sie ihn aus der Schule.

Nun saß er neben seinem Pflegevater auf der
Straße und zerkleinerte Steine. Sie hatten ein Fläsch-
chen Wasser und etliche Stücke Polenta neben sich. Es
war eine heiße, staubige Straße, auf der sie arbeiteten.
In schroffen Serpentinen führte sie empor zu einem vor-
nehmen Hotel, dann weiter durch Wälder und Thäler,
durch elende Dörfer mit gelben, halbzerfallenen Hütten.
In der entgegengesetzten Richtung zog sie sich nach
Bozen hinab, wo die dicken Pfirsiche und die tropfenden
Trauben in den Gärten gediehen, wo die feinen Wirts-

häuser mit den schwellenden Betten standen, in denen
die Trägheit reisender Praſſer die herrlichen Sommer=
morgen verſchlief. Wenn Gaetano nichts zu thun hatte,
an Sonn= oder Feiertagen, lief er über den Berg hinab
nach Bozen, ſtellte ſich vor einem dieſer Gaſthöfe auf
und betrachtete, die Hände in den Taſchen ſeiner zer=
riſſenen Jacke, die Aus= und Eingehenden. Und er ſog
den Bratenduft ein, der herausſtrömte, und ſah den
Gäſten zu, die zwiſchen Oleanderbäumen vor dem
Hauſe ſaßen und viertelſtundenlang auf der Speiſe=
karte ſuchten, bis ſie gnädig ſich für ein Gericht ent=
ſchieden.

An einem ſolchen Sommerſonntag — ſie hatten in
der vorhergehenden Woche nichts verdient, weil der Regen
in Strömen gefallen war — ſtand er mit einem Magen,
der vor Hunger wie eine junge Katze winſelte, vor dem
„Greifen“.

Eben als er ſich an die Mauer neben dem Ein=
gang lehnt, weil ihn ſchwindelt, kommt ein Herr in
hellem Sommeranzug heraus. Sein Geſicht glüht noch
von der genoſſenen Mahlzeit. Er ſtochert in den Zähnen,
zündet ſich eine Zigarre an und winkt träge einen Fiaker
herbei. Im Augenblick, als er in den Wagen ſteigen
will, ſieht er das ſchmale Knabengeſicht dicht vor ſich,
zwei Augen, die ihn in finſterem Haſſe anſtarren.

Unwillkürlich zuckt er zuſammen.

„Was haſt du mir Grimaſſen zu ſchneiden, Tier?"
Er näherte ſich drohend dem Jungen.

Der Knabe erblaßt. „Ich . . . Grimaſſen? Ihr
irrt Euch."

Der Dicke giebt ihm eins hinters Ohr und fährt
ab. Unter der Thür wird die derbe Geſtalt des Haus=
knechts ſichtbar.

Gaetano iſt wie der Wind verſchwunden. — —

Eines Tages hatte die Zia, die kränkelnde, verrun=
zelte Frau des Steinklopfers, die Kühnheit, ſich hinzulegen
und zu ſterben. Gaetano mußte jetzt Mutter ſpielen.
Er blieb oft zu Hauſe und kochte oder er ſchleppte das
kleinſte Kind auf den Armen herum und ſang dazu
Lieder.

Die andern hingen ſich dann an ſeine Beine und
wendeten ſeine Taſchen um, um darin ein Krümchen
oder ein Spielzeug zu finden. Die große, ſchwarze, vier=
eckige Kammer, die ſie bewohnten, mit ihrem Lehmboden
und den Maisſtrohbündeln in den Ecken: ihren Betten,
war für den Jungen ein troſtloſer Aufenthaltsort. Lieber
noch arbeitete er draußen in der ſengenden Mittagsluft.
Da ſah er die ganze Herrlichkeit Gottes um ſich ge=
breitet.

All die wunderbaren in goldenem Violett ſchim=
mernden Berge, die Seen mit ihrem halbverſteckten
Flimmer, die Thäler mit ihren gelben Hütten, ihren

üppigen Kaſtanienwäldern. Oft entfiel der wuchtige
Hammer ſeinen Händen, und er ſtarrte mit angehal-
tenem Atem hinaus. Es war ein ſeliges Untertauchen,
ein weiches Zuhüllen ſeines Jammers, eine Zärtlichkeit,
die da ſeinen Blicken begegnete.

Dann fühlte er plötzlich eine Fauſt im Nacken.
„Hundejunge, du faulenzt ſchon wieder!"

Und er ſpie verächtlich aus und klopfte weiter die
heißen Steine . . .

Eines Tages, als ſie auf der Straße ſaßen, es war
gegen Abend, kamen ihnen zwei Perſonen entgegen, der
Arzt von S. Zeno und deſſen Tochter.

Der alte Mann nickte freundlich.

„Na, Paolo, du haſt ſchöne Hoffnungen für drüben,
da du hier ſoviel Hitze ausſtehen mußt."

Der Steinklopfer blies ſich den Staub von den
Händen.

„Grazie, Signoria, grazie! Ich hoffe auch auf die
ewige Seligkeit, aber, ſagt ſelbſt, könnte der gute Gott
uns nicht ein wenig, ein ganz klein wenig Vorgeſchmack
ſchon hier zu teil werden laſſen?"

Der Alte lächelte.

„Hm, hm, haſt nicht Unrecht. Sei verſichert, wenn
ich da oben eine Stimme hätte, ich ſpräche ein gutes
Wort für dich."

„Eure Polenta iſt euch wohl ſauer geworden,

wie?" wandte er sich an Gaetano, der die ganze Zeit über stumm weitergeklopft hatte. Der Junge hob den Kopf.

„Ich weiß nicht, Herr."

In diesem Augenblick gewahrte er das Mädchen= gesicht vor sich. Es hatte die Farbe einer blassen Rose, und zwei blaue Augen, blau wie der italische Himmel, blickten aus ihm.

„Poverino!" sagte sie leise, und strich sich die dunkelblonden Locken aus der Stirn. Gaetano sah sie an.

Sie war längst mit ihrem Vater den absteigenden Pfad nach Kaltern hinab verschwunden, und noch immer sah er sie an der Stelle, auf der sie gestanden.

Poverino! Poverino!

Er ließ sich ganz sacht auf den Rücken gleiten und blickte über sich ins Blaue.

Poverino!

War es möglich, daß ihm jemand ein gutes Wort gesagt hatte? Und die! Sie war aus dem Nachbarort, aber er hatte sie noch nie gesehen. Er vermied es, in die Gesichter der ihm Begegnenden zu blicken. Ge= wöhnlich entdeckte er da einen Ausdruck, der ihn nicht erfreute. „Du Ausbund, du Gassenjunge" las er in ihnen. Oder bei jungen Mädchen die Furcht vor ihm. Hatte er doch schon mehr als einer einen boshaften

Schabernack gespielt, ihnen ein Stück Zopf abgeschnitten
oder ein häßliches Insekt in den Nacken gesteckt.

Poverino!

Und auf einmal schrie etwas heiß und wild in ihm
auf. Er schleuderte den Hammer bei Seite, lief davon,
und legte sich im Wald aufs Gesicht. Als er am Abend
heimkehrte, schlug ihn der Alte.

„Verdammter Tunichtgut! ich werde dir geben,
wegzurennen, und dich schlafen zu legen. Essen ja, aber
arbeiten, nein. Wart Bursche.“

Gaetano reckte sich auf, und als ihm die Schläge
zu toll wurden, umschlang er Paolo mit seinen beiden
jungen sehnigen Armen und drückte ihn in eine
Ecke. Vor den Kindern that ers. Sie schrieen Zeter
und Mordio, denn sie glaubten, er würde den Vater
töten. Natürlich war seines Bleibens im Hause nicht
mehr. Er ging noch in dieser Nacht fort. Er schlief
in den Weingärten und nährte sich von gestohlenem
Obst. So trieb ers einige Zeit. Dann wurde ihm das
beständige sich Verstecken langweilig. Er ging nach
S. Zeno. Nicht weit von der schönen alten Villa, in
der sie mit ihrem Vater wohnte, stand eine Schmiede.
Hier verdingte er sich.

„Ich kann den Hammer schwingen“ sagte er, und
seine Augen funkelten im Bewußtsein seiner jungen Kraft.
Der Meister, ein alter, prächtiger Weißkopf, dem die

freie Art des Burschen gefiel, behielt ihn. Er arbeitete
nur mit einem alten mürrischen Gesellen und erfrischte
sich an der Lebendigkeit des Jungen. „Wenn du nur
nicht so faul wärest, Kreatur" sagte er oft in gut=
mütigem Zorn, seine Hand in Gaetanos Lockenmähne
vergrabend.

Ist sie nicht wie eine weiße, schlanke Kerze, die gol=
denes Licht ausströmt? flüsterte Gaetano, als Marghe=
rita vorüberschritt. Ob sie wieder: Poverino sagt?

Und er warf den Hammer weg und lief auf die
Straße ihr nach.

„Bona sera" stotterte er.

Sie nickte leicht und blickte gleichgiltig an ihm
vorüber.

Sie erkennt mich nicht mehr, jammerte es in ihm.

Dann kehrte er in die Schmiede zurück und brüllte
ein wildes ausgelassenes Lied. Aber so oft sie vorüber=
kam, wurde er still, und über sein Angesicht flog ein
feines Blaß. Dann mochte er stundenlang nichts thun.
Und seine Wange in die rußige Hand lehnend, setzte er
sich auf die Schwelle und starrte hinaus.

Einmal stellte sich Christophoro, der Schmied, breit
vor ihn hin.

„Was meinst du wohl eigentlich von mir? Ich
halte dich nur um dich zu füttern, eh? Du Narr, du!
Könntest hier Brot und ein Dach haben dein Lebelang,

denn ich bin dir nicht gram, aber bei deiner verdammt=
ten faulheit —"

"Ihr seid mir nicht gram? Ha ha ha, Ihr seid
mir nicht gram! Weil ich einen besseren Hammer
schwinge als Pietro, der Alte, weil meine Lieder euer
Podogra verscheuchen, deshalb seid ihr mir nicht gram!"

Er verließ auch den Schmied.

Tag und Nacht strich er in der Nähe umher. Und
wenn es ihm glückte und er sie sah, vergaß er Hunger
und Glut und alle Unbilden und jubelte wie ein vom
Christ beschenktes Kind.

Am besten gefiel sie ihm, wenn sie ihr weißes Kleid
trug. Wenn der Wind ihr goldenes Haar lockerte und
ihre Gewänder an den schlanken Leib schmiegte, daß
dessen reine, edle Linien sichtbar wurden. Nur dumpf
ahnte der Jüngling, was ihm so an ihr gefiel. Er
spürte bei ihrem Anblick leise, süße Musik durch sich
gehen; was die bedeutete, war ihm nicht klar. Er
grüßte Margherita, wenn er ihr begegnete, und sie
dankte mit ihrem gleichgültigen, zerstreuten Nicken, wobei
sie ihn eigentlich gar nicht ansah.

Dieses Leben mit seinen langen, blauen, unaus=
gefüllten Tagen begünstigte seine Träumerei. Er lag
irgendwo in der Nähe ihrer Villa im Schatten und
starrte auf ihr Fenster. Er sah sie im weißen Linnen=
kleide, das feine, blonde Haar aufgelöst, die Hände über

die Bruſt gefaltet, wie eine Immaculata. Und dann
ſah er ſeinen ſchwarzen, verwilderten Lockenkopf in ihren
Schooß ſich ſchmiegen, und fühlte laue, große Thränen
aus ihren Augen auf ſich herabrieſeln. — Mehr träumte
er nicht.

Und da geſchah die große Sünde, das Unerwartete,
das in jedes Jünglings Leben ſich ereignet: die weiße
Jungfrau, um die ſeine anbetende Seele Schleier und
Aureolen gewoben hatte, ſtieg in den Staub der Alltäg-
lichkeit und wurde ein Weib wie andere.

Und der arme Junge ſah ſich plötzlich vor einem
leeren Altar knieen. — —

Eines Abends, als ſie ausging, um friſche Luft zu
ſchöpfen, ſchritt ein Mann neben ihr. Er war dunkel
und ſonnenverbrannt, und die Leute ſagten, er ſei ein
Vetter von ihr, der ſich lange Jahre auf fernen Meeren
umhergetrieben hätte.

Borromeo war ſchön und hatte etwas Gnädiges
an ſich, wie reiche Leute, die ſich ihres Gutes bewußt
ſind. Gaetano haßte ihn vom erſten Blick an. Und
er ſah, wie ſie vertraulich ihren Arm in den ſeinen
legte und ſüß zu ihm redete. Und er ſah ſie, wie ſie
beide in ihres Vaters Haus verſchwanden. Er raufte
ſich die Haare vor Elend und Ohnmacht.

Und jetzt auf einmal, da er einen Mann in ihre
Aureole greifen ſah, erwachten in ihm heiße, wahn-

sinnige Empfindungen für sie. Jetzt auf einmal wurde vieles klar in ihm, was ihm früher undeutlich war.

„Er ist wohl ihr Bräutigam" sagte er einmal zu dem Diener ihres Hauses.

Beppo nickte. „Sie werden eben aufgeboten, dann heiraten sie und ziehen von hier fort."

Sie wurden aufgeboten! Warum nahm sie den? Was hatte er um ihretwillen gethan? Hatte er für sie gehungert und auf ein festes Dach über dem Haupte verzichtet, wie er? Lag er Tag und Nacht auf der Lauer vor ihrer Schwelle, um ihren Schatten zu begrüßen, wenn er sich auf den Vorhängen ihres Fensters abhob? Lief er für sie Gefahr, täglich von Karabinieri als Unterstandsloser aufgefangen zu werden, blos um nach Herzenslust an sie denken, von ihr träumen zu können? O dieser gleichgiltige, gewöhn= liche Mensch, der, ohne zu opfern, zu lieben glaubte, und einfach genoß, wo ein Anderer aus Anbetung sich zu Tode hungerte.

Wenn ich ein reicher Mann wäre und vornehme Verwandte hätte, könnte ich auch um sie freien. Und eine feurige Blutwelle stieg Gaetano zu Kopfe. Wie konnte er sich schnell in den Besitz von Geld setzen? Irgend einem der reichen Müßiggänger das Lebenslicht ausblasen? Ha, das ging! Aber dann war noch immer der Andere da.

Der Andere! Sollte er den auch gleich zwei Ver=
brechen auf seine Seele laden?

Und am Ende, wenn er es gethan hatte, wenn er
seiner Seelen Seligkeit für sie verkauft hatte, wollte sie
ihn gar nicht! Ha ha ha!

Die Bauern von Kaltern kamen herauf, spannten
ihre Zelte in den Bergwiesen auf und begannen ihre
Sommercampagne, uraltem Gebrauch zufolge, im Freien
zu feiern. Gaetano wich ihnen scheu aus. Ihm war
alles lästig, was ihn in seinen unablässig auf das Eine
gerichteten Gedanken störte. Er fühlte wilde Kräfte in
seinen Fingerspitzen glühen, und die friedlichen Bauern
mit ihren frommen Gesängen am Abend verbitterten ihn
noch mehr.

Diese sanften Gesänge, die Männer und Frauen,
um ihre Feuer gelagert, in die tauigen Wiesen hinaus=
klingen ließen, machten ihm das Bild seiner großen,
tododen Einsamkeit um so deutlicher. Und er war doch
so genügsam! Er beanspruchte nichts weiter, als vor
einem Heiligenbild auf den Knieen liegen zu dürfen.
Aber selbst dieses bescheidene Glück sollte ihm geraubt
werden.

Diese aufwühlenden, weich machenden Weisen! Er
warf sich auf die feuchte, sommersatte Erde und drückte
den Kopf ins Moos. Er zerbiß die Gräser mit seinen

weißen, hungrigen Zähnen. Und dann fühlte er wieder
das heiße Zittern in seinen sich spreizenden Händen.

Ein Mann sucht immer seine Mutter im Weibe;
selbst in den heißesten erotischen Momenten ist er das
Kind, das an ihrer Brust ruhend, nach Stillung schreit.
Gaetano krankte vor Sehnsucht nach weichen, beruhigen=
den Händen, nach einem Kleidsaum, auf den er seine
ersten heißen Thränen tropfen lassen durfte. Und weil
er so wild und verkommen, so ungeliebt und gehetzt
war, hatte er sich die Sanfteste, Reinste, Geliebteste, Be=
hütetste ausgesucht — die Lichteste, er der Dunkle.

Du sollst nicht sein werden, sein, des Diebes, der
hierherkam, dich zu stehlen, ächzte er.

Als der Augustmond voll und überströmend vor
Glanz über die heuduftigen Wiesen zog, verließ er sein
Versteck und näherte sich ihrem Hause. Dort kauerte er
sich nieder.

Gegen Morgen kam Beppo heraus, eine Laterne
in der Hand, und schritt nach dem neben dem Wohn=
haus liegenden Stall. Gaetanos Augen begannen zu
glühen. Wer ging da fort?

Er vielleicht. Er umschlich den Stall und horchte.
Beppo fütterte die Pferde und schob dann das Wäglein
aus der Remise. Gaetano steckte sein verzerrtes Gesicht
durch die Spalte der angelehnten Thür.

„Ists Borromeo, der abfährt?"

Der Diener schreckte zusammen, dann einen Fluch über den Eindringling unterdrückend, sagte er rauh:

„Und wenn ers wäre, was gings dich an, Wegelagerer?"

O, mehr wollte Gaetano ja nicht hören. Er stieß einen heiseren Laut der Freude aus und war plötzlich im Dämmerlicht verschwunden.

Ein Reiter oder Wagenlenker brauchte von hier aus ungefähr zwei Stunden, bis er zur Landstraße kam, die in starken Serpentinen nach unten führte. Der Abfahrende konnte keinen andern als diesen Weg wählen, da die Straße nach der andern Richtung hin sich bereits nach kurzem verengte und dann für Reiter unpassirbar war. Gaetano beflügelte seine Schritte. Wenn er bei der ersten Serpentine Borromeo an sich vorbeifahren ließ, war er Herr über dessen Leben und Tod.

Auf der Bergstraße, die erst jüngst vollendet worden war, lagen noch aufgeschichtete Steine. Gaetano verstand gut zu zielen. Ein Granitbrocken genügte, um den Schädel des süßen Borromeo zu zertrümmern.

Den Boden kaum mit den Füßen berührend flog er dahin, um dem Andern zuvorzukommen. Alle Gewalten des Bösen waren in ihm losgelassen; er ließ sich treiben von ihnen, von dem Blutrausch, dem uralten Erbe seiner Vorfahren in fernen Jahrhunderten.

Einige draußen nächtigende Kühe flohen erschreckt,

als der Aufgeregte an ihnen vorbeistürmte. Ein alter
Schäfer schlug bestürzt das Kreuz.

Drüben am Horizont, der über den Trienter Bergen
voll dunkel geballter Wolken hing, schlich ein fahles Rot
hervor und warf seinen ungewissen Schimmer in die
Abgründe und Schluchten, an denen Gaetano vorbeikam.
Mehreremale war ihm, als höre er dicht hinter sich
Pferdegetrappel. Er sah sich um und rannte weiter.
Und plötzlich atmete er auf; er war am Ziel. Da unten
beginnt die erste Serpentine, da ist das Lärchenwäldchen,
in dem er sich versteckt halten wird.

Sollte sein erster Wurf mißlingen, so läuft er ober=
halb der Straße am Felsenkamm weiter, und schleudert
solange bis er trifft. Der Untenfahrende ist ganz
in seiner Gewalt, denn die andere Seite der Straße
fällt fast senkrecht hinab. Kein Mensch, viel weniger
ein Wagen kann sich dort hinab retten. Vielleicht nur
jemand, dem wie ihm ein Würzelchen genug Raum
bietet, um daran hängend Tod zu säen. Er wirft sich
auf die Erde und lauscht. Da rollt es im Boden, die
Zweige über ihm beginnen zu zittern, der Wagen naht...

Gaetano erhebt sich, eilt die gebüschbewachsene Bö=
schung hinab, erfaßt einen wuchtigen Stein und schleudert.

Das Gespann jagt weiter.

Er hat also das Ziel verfehlt. Im Nu gleitet er
über die Felsmauer, überquert die Straße, sieht unter

sich auf der zweiten Serpentine die Pferde heranstürmen
und wiederholt seinen tödlichen Wurf. Da, ein Krach,
ein Knirschen, Schnauben, ein dumpfes Rollen, dann
alles still. Die scheuenden Tiere sind in der Tiefe verschwunden. Die That ist geschehen . . . . .

*

Hinter den Trienter Bergen flammt das Rot auf
und übergießt die Landschaft, die Felsen, Thäler und
Seen mit Blutschein. Ein fernes Gewitterrollen dringt
herüber. Kein Blatt bewegt sich. Einen Augenblick
erdrückende Lautlosigkeit. Dieser Augenblick ist eine Ewigkeit innerer Erlebnisse für Gaetano. Er ist in die Kniee
gebrochen, aus seinem fahlen Gesichte quellen die Augen
hervor, seine Haare tropfen. Die Ahnung dessen, was
er gethan, dämmert in ihm auf. Er hat getötet. Er
hat seine Seligkeit für immer verscherzt. Er ist ein
Verfluchter, ein Kain.

Er hat einen Unschuldigen ermordet. Einen, der
von ihr geliebt wurde. Traf er sie nicht in ihm, da die
sich lieben, eins sind? Vergoß er nicht ihr Blut mit
dem seinen, ihrs, ihrs? Er wirft sich in den Staub
der Straße.

Verfluchter, Verfluchter! —

Da hört er Stimmen hinter sich.

Um die Biegung des Weges, von oben her, kommen
zwei Gestalten. Zwei hohe, schlanke Gestalten, eine Frau

9*

und ein Mann. Sie ist weiß gekleidet; blondes Haar fällt ihr über die Hüften; in ihren Händen wiegt sich ein Strauß hochstieliger Blüten. Der Mann an ihrer Seite ist bleich, doch gefaßt. . . .

Gaetano starrt und starrt.

Dann rutscht er ihnen auf den Knieen entgegen:

„Heilige Margherita, bitte für mich! ich habe dich getötet, dich in ihm; eure heiligen Seelen kommen mir entgegen Rechenschaft zu fordern, heilige Margherita!"

Borromeo neigt sich forschend zu dem Stammelnden. „Der Schrecken hat ihn verwirrt, die Pferde scheinen ihn verletzt zu haben. Er blutet."

Margherita zieht ihr weißes Tüchlein aus der Brust und reichte es ihrem Begleiter. Er faßt Gaetanos Hände.

„Komm zu dir, junger Freund, wir sind ja alle drei heil. Du wirst es auch bald sein. Es war kein Teufelsspuk, siehe, wir wollten nach Bozen hinab; an der ersten Wegbiegung scheuten die Pferde, wir stürzten aus dem Wagen, aber Gott hat uns beschützt. Also erhol dich!"

Der Jüngling, noch immer auf den Knieen, starrt beide an.

„Ich hätte euch nicht getötet? Ich wäre kein Mörder? ihr lebtet wirklich?"

Er betastet Margheritas weißen Kleidsaum.

Die Beiden sehen sich an.

„Es ist nur eine augenblickliche Verwirrung" flüstert Borromeo, und dann:

„Nein, du haft uns nicht getötet, Freund. Sieh, wir find ganz heil, nur ihre Flechten haben sich gelöft." Seine Blicke gleiten voll Liebe über die Jungfrau. „Selbst die Blumen, die sie der Madonna bringen will, find unverfehrt geblieben."

„Heilige Margherita" schluchzt der Knieende, und während die Thränen in fiedender Fülle über seine Wangen stürzen, breitet er die Arme nach ihr empor. Da neigt sie sich von himmlischer Barmherzigkeit fort= geriffen zu ihm nieder, umfaßt seinen Kopf und drückt ihre jungfräulichen Lippen auf seine Stirn. . . .

Er ist gerettet.

Das kleine Hündchen

„Wunderlich, wunderlich."

„Das finde ich gar nicht. 's ist eben eine fixe Idee, an der unser Bekannter leidet."

„Fixe Idee? Da irrst du. Der Mann wäre viel zu klug, um sich das nicht selbst zu sagen. Es muß mehr als bloße Sinnestäuschung sein."

Dieses Gespräch wurde im Kaffeehaus einer kleinen süddeutschen Stadt geführt. Es waren drei junge Leute, die hier öfters zusammenkamen, um ihre Meinungen und Ansichten auszutauschen. Während sie sich unterhielten, war ein Vierter eingetreten, ging jetzt auf sie zu und ließ sich bei ihnen nieder.

„Wir haben soeben von Ihnen gesprochen" bemerkte der eine der Freunde, „Bolz meint ganz richtig, Sie müßten mit irgend einem Bekannten zusammenziehen; das Alleinsein tauge nicht für Sie."

„Wirklich Breitner, das sollten Sie aufstecken. Es

ist die Ursache aller Ihrer —" er stockte und setzte hinzu:
„all Ihrer Unbehaglichkeit. Wenn ich mir vorstelle,
daß ich so ganz mutterseelenallein in einer eigenen Woh=
nung hauste, die während meiner Abwesenheit von einer
alten Aufwärterin in Ordnung gebracht wird, daß ich
Tag und Nacht mir allein überlassen wäre, Donner=
wetter, ich glaub ich würde selbst schwermütig."

Über Bertram Breitners Gesicht flog ein Lächeln.

„Lieber Bolz, dasselbe was Sie mir sagen, habe ich
mir unzähligemale selbst gesagt. Ich habe auch den
Versuch gemacht, mit Bekannten zusammen zu hausen.
Aber —" er lehnte sich mit merkbarem Unmut zurück,
„weshalb reden wir wieder von mir? Sprechen wir
doch von anderen Dingen. Haben Sie Pichler nicht
wieder gesehen? Er sagte mir jüngst, er würde Ende
dieser Woche nach London reisen. Er wolle sich dort
an einer großen überseeischen Unternehmung beteiligen.
Kellner, ein Glas Wermut und eine Manilla."

Die Freunde schwiegen einen Augenblick; dann sagte
der eine:

„Wo werden Sie den Rest des heutigen Tages ver=
bringen? Wollen Sie sich uns nicht anschließen? Wir
gehen nach dem Kegelklub."

Breitner trank seinen Wermut in einem durstigen
Zuge aus. „Danke für die freundliche Einladung, habe
aber schon über den heutigen Abend verfügt."

Man plauderte noch ein wenig, dann erhoben sich
die drei Freunde. Bei ihrem Aufbruch stieß einer von
ihnen an Breitners Stuhl an. Breitner warf einen be=
stürzten Blick neben sich und verfärbte sich ein wenig.
Er blieb noch eine Weile, nachdem die Andern sich ent=
fernt hatten. Er versuchte eine Zeitung zu lesen, legte
sie aber bald wieder fort. Nachdem er noch zwei Gläs=
chen Wermut geleert hatte, erhob auch er sich und ging.

Auf der Straße, als ihn niemand beobachtete, trat
ein verängstigter Zug in sein Gesicht. Dann und wann
blieb er stehen und sah an seine rechte Seite, als ob er
da etwas oder jemanden erblickte.

Er ging nach einer entlegenen Straße, trat in ein
kleines einstöckiges Haus und klingelte an einer Thür
zur ebenen Erde. Eine alte Frau mit ehrwürdigen
Zügen öffnete und schüttelte ihm herzlich die Hand.

„Herr Breitner! Kommen Sie nur herein. Klara
wird gleich dasein.“ Sie traten in ein helles, freund=
liches Zimmer mit weißen gehäkelten Schutzdeckchen auf
den Möbeln und vielen Blumen am Fensterbord.

Die alte Frau zog Bertram neben sich auf das Sofa.

„Mir ists ganz recht, daß ich Sie einmal allein
sehe. Ich möchte eine Frage an Sie richten. Sie sind
ein Jahr lang in unserer Stadt, seit drei Monaten be=
suchen Sie uns. Sie nehmen Interesse an meiner
Tochter, ja, Sie wünschen ihr Herz zu gewinnen, um

sie zu Ihrer Gattin zu machen   Verzeihen Sie es einer Mutter, wenn sie neugierig ist, über den Mann Näheres zu erfahren, dem sie ihr Kind anvertrauen soll."

Bertrams Wangen waren noch blasser als sonst geworden.

„Fragen Sie, gnädige Frau, ich begreife Ihren Wunsch vollkommen." Er lehnte sich in die Sofakissen zurück.

„Aber meine Frageluft scheint Ihnen Weh zu bereiten, ich sehs an dem Ausdruck Ihres Gesichts."

Er machte eine ungeduldige Handbewegung. „Lassen Sie das, reden Sie nur."

„Also —" die alte Dame schraubte die Lampe etwas höher — „weshalb sind Sie so seltsam? Sie sagen, daß Sie wohlhabend seien, und haben mich sogar über die Höhe Ihres Vermögens unterrichtet.   Sie begannen zu studieren, brachen ab. Sie wollten Landwirtschaft betreiben, gingen aber nicht über den Vorsatz hinaus. Dann trafen Sie Maßregeln, eine Reise um die Welt zu machen; aber gleich nach den ersten Vorbereitungen gaben Sie auch diesen Plan auf. Sie haben mir das alles selbst erzählt. Ich weiß nicht, wenn ein anderer Mann so handelte, ich würde einfach denken, er sei eben ein wandelbarer Mensch ohne festen Charakter. Aber Sie machen so gar nicht den Eindruck der Flatterhaftigkeit. Erklären Sie sich mir ein wenig, erzählen Sie. Als Sie eines Tages eintraten, um auf eine Anzeige

hin, die ich in der Zeitung erließ, einige Bestellungen
zu machen, dachte ich im ersten Augenblick, nicht unsere
Nähkünste, sondern die Anmut meiner Tochter habe Sie
hierhergezogen. Aber bald wurde ich meinen Irrtum
gewahr. Sie hatten mein Kind noch gar nicht gesehen.
Als Sie Klara erblickten, ging ein Strahl der Freude
über Ihr Gesicht. Sie, der reiche Mann, behandelten
die beiden armen Frauen mit einer Ehrerbietung, die
uns bewegte. Sie wußten damals ja noch nicht, daß
wir Verhältnissen entstammen, die uns allerdings be=
rechtigten, dieses Entgegenkommen von aller Welt fordern zu dürfen. — Genug, wir gewannen Sie herzlich
lieb, und ich hatte eine Empfindung des Glückes, als
Sie mir eines Tages anvertrauten, daß Sie mein Kind
lieben. Verscheuchen Sie nun diesen Schatten eines mir
selbst unklaren Argwohns, erklären Sie mir Ihr Wesen
und seien Sie der aufrichtigsten Teilnahme gewiß."

Sie nahm liebevoll seine Hand in die ihre. Er
machte eine Bewegung mit den Lippen als ob er lächeln
wollte, erhob sich, ging etlichemale auf und nieder und
kehrte wieder auf seinen vorigen Platz an die Seite der
alten Dame zurück.

„Gnädige Frau, was soll ich Ihnen sagen? Sie
fordern einfach, daß ich mir selbst mein Todesurteil
spreche. Ich habe lange diesen Augenblick erwartet,
aber gewünscht, ihn noch hinausschieben zu können.

Natürlich — ein Unglücklicher geizt ja mit den Stunden seines Glücks. Gnädige Frau!" er erhob sich sehr blaß und stellte sich vor die alte Dame hin, „sehen Sie mal, bitte, hierher an meine rechte Seite. Was erblicken Sie da neben mir? Nein, nein, nicht so hoch, niederer!" er wies in der Höhe seines Kniees hin.

Frau Scheelhausen konnte sich eines leisen Schreckens nicht erwehren.

„Aber nichts, nichts sehe ich, bester Breitner" sagte sie betreten.

Er lächelte bitter. „Auch Sie nicht. Nun denn. Sehen Sie, hier, fast an meinem Bein angeschmiegt, steht ein kleines schwarzes Hündchen. Sehen Sie es nicht? Es ist von der Größe eines mittleren Rattlers, dunkelhaarig, mit stumpfen schwarzen Augen, die sich von Zeit zu Zeit fragend oder sinnend, ich weiß nicht, auf mich richten. Sehen Sie es wirklich nicht, Sie auch nicht?"

Es lag etwas Verzweifeltes im Tonfall seiner Stimme.

Die alte Frau sah gespannt auf die angegebene Stelle.

„Nein Breitner, bei der Liebe Gottes, ich kann nicht das geringste entdecken." Dann schlug sie die Hände vor das Gesicht und begann bitterlich zu weinen.

„Ein Wahnsinniger, nicht wahr?" sagte er höhnisch.

„Und einem Wahnsinnigen giebt eine Mutter ihr Kind nicht, natürlich nicht. Guten Abend, gnädige Frau."

Er trat zur Thür. Sie ergriff ihn an der Hand und zog ihn zurück. Ihre guten, von Thränen gebadeten Augen verschwiegen ihr Entsetzen und hatten nur einen Blick des innigsten Mitgefühls für ihn.

„Nein Breitner, so dürfen Sie nicht von mir gehen, so nicht. Erzählen Sie mir von der Sache. Wann hatten Sie jene — Hallucination zum erstenmale?"

„Es ist keine Hallucination" sagte er fest, „und ich will nicht, daß Sie es als solche empfinden. Thun Sie es, dann müssen Sie mich ja als Irrsinnigen betrachten, und der bin ich nicht, ich schwöre es Ihnen."

Er fiel kraftlos auf einen Sessel.

Sie ließ sich in seiner Nähe nieder und strich beschwichtigend über seine Hand.

„Ich halte Sie gewiß für keinen Irrsinnigen, Breitner."

„Aber ich verzichte auch auf Ihr Mitleid." Er entzog widerwillig seine Hand ihrer Liebkosung. „Ich will, daß Sie trocken sagen: «Nun ja, vielleicht giebts doch in der Welt der Möglichkeiten einen Fall, daß dieser Hund thatsächlich neben Ihnen herläuft, aber von niemand Anderem als von Ihnen erblickt wird.» Er strich sich das braune Haar aus der Stirn. „So will ich es; für andere Empfindungen mir gegenüber danke

ich. Da bleibe ich lieber, was ich bisher war: ein ein=
samer, fürsichgehender Mensch."

„Sagen Sie mir nur eins, lieber Breitner." Die
alte Frau wendete in anscheinender Gleichgültigkeit ihre
Blicke von ihm ab und richtete sie auf den grünen
Schirm der Lampe. „Wann sahen Sie den Hund zum
erstenmale?"

Er sann einen Augenblick nach.

„Wann? Vor zwanzig — nein, einundzwanzig
Jahre ists her. Meine Mutter weilte in einer Sommer=
frische mit mir. Es war kurz nach dem Tode meines
Vaters. Eines Tages, ich zählte fünf Jahre, entlief ich
in übermütiger Tollheit meiner Mutter, die auf einem
Spaziergang mit mir begriffen war, rannte ans Ufer
des reißenden Mühlbachs, strauchelte und stürzte ins
Wasser. Ich ging sofort unter. Meine Mutter, ohne
sich zu besinnen, sprang mir nach und suchte mich zu
retten. Als ich die Besinnung wieder erlangt hatte, waren
mehrere Wochen seit jenem Ereignis vergangen. Meine
Mutter war bei ihrem Versuch, mich zu retten, ertrunken."

Er hielt einen Augenblick inne und fuhr dann fort:
„Mein erster Augenaufschlag damals ließ mich ein
schwarzes Hündchen erblicken, das am Fußende meines
Bettes saß und mich ansah. Man glaubte, ich phan=
tasiere. Später nahm mich eine ältere Verwandte meiner
Mutter zu sich.

Ich lernte das Schweigen, um nicht von allen als
Narr angesehen zu werden. Ich lernte meine Augen
Lügner nennen, um nicht mit dem, was sie erblickten,
rechnen zu müssen. Ich lernte meinen gesunden Ver=
stand unterdrücken, um nicht den Glauben an den ge=
sunden Verstand Anderer opfern zu müssen. Ich wollte
mich bemühen, mir selbst als wahnsinnig zu erscheinen,
aber mein Gehirn empörte sich dagegen. Nein, ich
fühlte es ganz tief und deutlich: ich war kein Irr=
sinniger. Je mehr ich heranwuchs, je inniger ich mich
mit philosophischen und anderen Studien beschäftigte,
um so klarer erkannte ich, daß ein Mensch, der den
schwierigsten Gedankenwegen Anderer mit Leichtigkeit
folgte, die spitzfindigsten Schlußfolgerungen der Logik
begriff, unmöglich ein Verrückter sein konnte.

Ich beherrschte mich mit eiserner Anstrengung, ich
verschwieg das Dasein meines stillen Gefährten Be=
kannten und Freunden; aber dann und wann konnte
ich einen Blick nach der Stelle hin, wo er sich beständig
befand, nicht unterdrücken, eine Bewegung nicht ver=
meiden, die man vielleicht macht, um einen belästigenden
Gegenstand von sich zu entfernen. Der Blick, die Be=
wegung wurden meine Verräter. Ich erweckte zuerst
Gelächter, dann Schrecken, dann zum Schlusse das
Quälendste: Mitleid mit dem sonst harmlosen, armen
Narren. Ich habe Medizinen getrunken, mit nüchternen

Materialisten Bruderschaft geschlossen, ich habe zur Religion meine Zuflucht genommen, durch mannichfaltige
tolle Streiche meiner Natur, meinen Sinnen eine andere
Richtung geben wollen.

Ich habe ein Kind zu mir genommen. Eines
Tages lief der Bube voll Grauen zu seiner im tiefsten
Elend lebenden Pflegemutter zurück. Es wäre immer
etwas neben mir, nach dem ich griffe, nach dem ich
schielte. Ich habe freunden Gutes gethan, um sie mir
zu eigen zu machen. Sie verzichteten auf meine Wohl-
thaten und verließen mich mit Frösteln. Ich habe an
die Herzen stolzer, vorurteilsloser Frauen gepocht. Aber
als sie mich näher kennen lernten, wandten sie sich
traurig von mir ab.

Eines Tages kam ich in diese kleine Stadt, wo
mich niemand kannte. Ich mietete mir eine Wohnung
und wollte aufs neue zu leben, Freunde zu gewinnen
versuchen. Ich lernte Ihre Tochter kennen. Ich bin
kein fliegender Holländer, der erlöst sein will. Ich
wünsche eine kluge Frau, die nicht über das ihr Un-
gewohnte erschrickt und die Flucht ergreift; die nicht
mitleidig meine Stirne streichelt, sondern tapfer dem
stillen Gefährten ins Auge zu sehen wagt, nicht ängstlich schweigt, sondern über die Thatsache mit mir
spricht. Nun habe ich Ihnen gebeichtet. Möge
Ihr Kind mir die Absolution nicht verweigern für

eine Schuld, die ein wunderliches Geheimnis des Himmels ist."

Er stürzte hinaus. Die alte Frau faltete die Hände.

2.

Einige Tage vergingen. Einmal gegen Abend
klingelte er wieder an.

Klara kam ihm entgegengeeilt und streckte ihm
beide Hände hin.

„Da sind Sie ja! Endlich! Seien Sie herzlich gegrüßt! Wie gehts Jhnen? Womit verbringen Sie Jhre
Tage? Wir haben uns ja lange nicht gesehen."

Sie zog ihn neben sich auf einen Sitz nieder. Er
sah sie betroffen an. Ihr schönes feines Gesicht brannte,
ihre Lippen umspielte ein Lächeln, das ihm fremd an ihr
war. Er beantwortete ihre Fragen; sie ließ ihn jedoch
kaum ausreden. Jn haftiger, übersprudelnder Weise
erzählte sie ihm Dinge, die von keinerlei Jnteresse für
ihn waren. Dabei warf sie von Zeit zu Zeit einen
flüchtigen, jagenden Blick auf ihn. Er wurde immer
verwunderter. Was mochte sie haben, sie, deren vornehme Ruhe, deren stolze Haltung bei all ihrer ver-
steckten Wärme ihn so angezogen hatte.

Er hatte ein tiefes, wunderbares Wort von ihr

erwartet, einen stummen Händedruck nach der dunkeln
Geschichte, die ihr die Mutter sicher mitgetheilt hatte.
Er hatte erwartet, daß sie ihm sagen würde: „Ich will
dir helfen, das Rätsel zu tragen, ich will mit dir stark
sein und deine Augen mit meinen sonnigen Blicken
stählen, daß sie lachen lernen, deine armen Augen". Statt
dessen suchte sie durch hüpfende Gedanken, durch zer=
streuende Gespräche ihn über sich selbst hinwegzutäuschen.
Andere Frauen waren bei seiner Geschichte ängstlich ge=
worden und hatten sich von ihm abgewendet. Manche
hatten einen Irrsinnigen in ihm vermutet. Sie that
keins von beiden. Sie bemühte sich anscheinend, in
seinem Verhängnis eine Schrulle von ihm zu erblicken,
über die man ihn hinausbringen mußte. Um diesen
Zweck zu erreichen, spielte sie die plaudersüchtige Schöne,
die an den nichtigsten Gegenständen Interesse zu haben
schien. O welch schlecht gewähltes Mittel! Welch grau=
same Enttäuschung für ihn! Er nahm kühl Abschied
von ihr. Als er auf der dunklen Straße seiner Woh=
nung entgegenschritt, dachte er: es ergeht mir wie dem
Tod. Die Einen lachen und witzeln über ihn, um sich
über ihn hinwegzutäuschen, die Andern verbergen sich
ängstlich vor ihm; aber Wenige wagen es, ihm tapfer
Aug in Auge zu blicken, seiner ausgestreckten Rechten
zu begegnen.

Bertram machte Licht, warf sich auf das Sopha

und ſah an ſeine rechte Seite. Der Hund blickte mit stumpfen Augen zu ihm auf.

Was willſt du eigentlich, unſeliges Geſchöpf? Was ſoll dein ſtummes Dahinſchleichen neben mir? Oder wärſt du ein bloßes Phantaſiegebilde? Nein, nein. Da ſtehſt du neben mir; ich könnte die Haare deines Felles zählen, ich ſehe den eingeklemmten Schwanz, die ſtierenden, ſtumpfen, auf mich gerichteten Augen — ewig und immer — bei Tag, bei Nacht. Wenn jetzt ein liebes, treues Weib neben mir ſäße! Siehſt du ihn? würde ich ſagen. Sie würde ja oder nein antworten. Aber die bleierne Bangnis wäre unterbrochen. Ich würde vor ſie hinknien, meinen Kopf in ihren Schooß legen und ſie bitten: O fürchte dich nicht vor mir! Und dann würde ich ihn ihr beſchreiben, wir redeten über ihn, und damit wäre der Bann des drückenden Geheimniſſes gebrochen. Weshalb erſchrickt man nur vor Dingen für die der Verſtand keine Erklärung findet? Liegt nicht eine große Feigheit darin? Aber vielleicht würde Klara, nachdem ſie die erſte Verblüffung überwunden hatte, ihre natürliche, ſchlichte Einfachheit wiederfinden. Er ließ einige Tage vergehen, dann klopfte er aufs Neue bei beiden Damen an. Die Mutter ſah ihn forſchend und halb traurig an; die Tochter, auf deren etwas erſchöpftem Geſicht er die Spuren innerer Qualen wahrzunehmen glaubte, kam ihm wie jüngſthin mit hüpfender

Heiterkeit entgegen. Er sah ihr ernst und flehend in die Augen. Sie wandte sich ab.

Nach einer in wertlosem Gespräche verbrachten halben Stunde konnte er sich nicht länger beherrschen, er faßte heftig ihre Hände.

„Klara, stellen Sie nun die Kindertanzschuhe fort und seien Sie wieder eine Erwachsene."

Bei der haftigen Bewegung, mit der er ihre Hände ergriffen hatte, war ihr ein Ausruf des Schrecks entflohn. Sie fürchtete ihn also doch! Ihr lautes Gebahren sollte nur ihr Grauen vor ihm übertäuben. Also doch!

„Klara, behüte Sie Gott!" sagte er mit einer Stimme, die vor Zärtlichkeit und Thränen zitterte, und verließ sie.

Draußen war ihm, als töne ihm ein schwaches Rufen nach. Aber er hörte nicht darauf. Den Kopf mit den blassen gequälten Zügen in den Nacken geworfen schritt er weiter.

Das war der letzte Versuch gewesen. Nun würde er keinen mehr machen. Weshalb auch sich so heftig gegen die Einsamkeit sträuben? War er denn überhaupt einsam? Er blickte neben sich hin. — Dann begann er eine Opernarie zu pfeifen, bezahlte einige Rechnungen und reiste ab.

Man sah ihn auf einem großen Auswandererschiff auf dem Wege nach Australien. Er irrte durch fremde

Städte, hörte wunderliche Sprachen um sein Ohr schwirren, sah schwarze, gelbe und braune Menschenantlitze
um sich. Aber kein Meer war zu breit, keine Insel zu
fern, um den Schatten zu verhindern, ihm Gesellschaft
zu leisten. Obwohl Bertram sich dies vorausgesagt
hatte, machte es ihn doch unaussprechlich düster und
hoffnungslos. Er schloß sich einer Karawane an, die
die Wüste durchquerte; auch sein Hund ging mit. Er
machte in Gesellschaft eines Abenteurers eine Ballonfahrt
viertausend Meter über die Erde mit. Sein Hund fehlte
nicht in der kleinen Gondel. Er stieg in die dunkelsten
Schächte in Sibiriens Bleibergwerken, der Hund stieg mit.

Die Leute hielten ihn für einen Schwerkranken, so
elend sah er aus. Menschen, mit denen er auf der
Reise bekannt wurde, ermahnten ihn zum Arzt zu gehn
und prophezeiten ihm sein baldiges Ende.

Er lächelte schmerzlich und beruhigte sie, er hätte
seit seinem fünften Jahre nicht besser ausgesehen.

Eines Morgens erwachte er in einer seltsamen
Stimmung. Eine Sehnsucht nach etwas, das irgendwo
in der Welt für ihn in Erfüllung gehen sollte, pochte
an sein Herz. Er befand sich zur Zeit im Norden
Amerikas. Er benützte die raschesten Verkehrsmittel,
um nach Europa zu kommen. Voll Ungeduld durch-
maß er die Gallerie des Schnelldampfers, der ihn heim-
wärts bringen sollte.

3.

Eines Morgens landete er.

Nun war die Feierstimmung vergangen. Ein dumpfer Druck legte sich auf ihn, eine unbestimmte, packende Furcht. Er wußte auf einmal nicht, was er eigentlich hier wollte, und doch war etwas unbewußt Bewußtes in ihm, das ihn getrieben hatte. Er warf sich in einen Eisenbahnzug, der ihn in die Nähe jener Sommerfrische brachte, in der er als Knabe mit seiner Mutter geweilt hatte.

Der heftige Wunsch war in ihm entbrannt, noch einmal jene Stätte, jenen reißenden Bach zu sehen, der seiner jungen Mutter so verhängnisvoll geworden war. Er mietete sich in einen kleinen Bauernhof ein. Die Gegend hier hatte sich ziemlich verändert. Der einst breite, tiefe Mühlbach war im Laufe der Zeit ein seichtes Wässerlein geworden, das keine Mühle mehr trieb, sondern zahm zwischen kleinen angebauten Gärten dahin=rieselte. Es blieb Bertrams stiller Frage die Antwort schuldig. Das ganze Leben hatte es ja so mit ihm gemacht.

Eines Tages erhob er sich früher als sonst von seinem Lager und machte sich zum Ausgehen fertig. Er wollte heute weit weit wandern. Er war in einer merkwürdig verschleierten Stimmung, die dann und

wann ein heller Blitz des Bewußtseins erhellte. Dann
sagte er sich, wie schön es sein werde, auf breiter, ebener
Landstraße dahinzugehn, einer Gegend zu, die ihm nicht
besser bekannt war, als wenn er ihre Schilderung in
einem alten halbvergessenen Buche gelesen hätte. Er verließ seinen kleinen Hof und begann rüstig auszuschreiten.
Er liebte es, so ins Fremde hinein zu wandern, ohne die
Namen der Ortschaften zu kennen, durch die er kam.

Gemach mäßigte er seine anfangs hastigen Schritte.
Die Hitze wurde immer drückender, je mehr sich der
Mittag näherte. Die Straße war von weißem Staub
bedeckt. Links und rechts dehnten sich weite Strecken
Grasland aus. Manchmal lagen bebaute Felder dazwischen und schmale Wege führten in ein oder das andere Dörflein, das abseits lag. Oftmals führte die
Straße auch mitten durch Ortschaften. Bertram blickte
mit seinen traurigen Augen auf die kleinen Fenster mit
den vielen Blumen davor und schritt weiter. Bauern
mit hagern, von der Arbeit erhitzten Gesichtern, die
Sense über die Schulter gelegt, begegneten ihm. Sie
sahen ihm nach, wie er dahinschritt, bleich und ver-
träumt, eine fremdartige Erscheinung.

Er mußte den Hut vom Kopf nehmen; große
Schweißperlen tropften von seiner Stirn. Seine Lippen
waren ganz trocken. Dem Stand der Sonne nach zu
schließen mußte es Mittag sein.

Er fah fich nach irgend einem Ruhepunkt um.
Aber kein Baum, der auch nur den kleinften Schatten
gegeben hätte, war zu erblicken. Eine totenftille blei=
chende Glut lag über den regungslofen Gräfern der
Wiefen. Er ging fchweratmend weiter. Da erblickte
er ein Feld, dahinter noch eins und noch eins. Äcker
folgten. Schweigende, zur Erde gebückte Menfchen han=
tierten darauf. Ein Kinderwagen mit einem fchla=
fenden Knaben ftand am Weggraben. Die Mutter
grub nicht weit davon Kartoffeln aus. Bertram ging
noch ein Stück weiter. Er fühlte die Kleider am
Leibe kleben. Die Straße führte jetzt durch eine Ort=
fchaft hindurch.

Überall dasfelbe drückende Schweigen. Die Häufer
ftanden verlaffen da.

Es waren wohl ihre Bewohner gewefen, die draußen
auf dem Felde arbeiteten. Am erften beften Brunnen,
den er traf, wollte Bertram raften. Er fah fich um.
Die verlaffenen ftillen Häuschen, die menfchenleeren Dorf=
gaffen machten einen feltfamen Eindruck. Es lag eine
Heimtücke, etwas Verftecktes in diefer Stille bei ftrahlen=
dem Sonnenfchein.

Seine Augen glitten mit leichtem Schauer über die
gefchloffenen Hausthüren. Da kam etwas auf ihn zu,
aus einem Gäßlein, das er gar nicht bemerkt hatte.

Er stieß plötzlich einen wilden Schrei aus. Sein Körper
schnellte nieder, bäumte sich auf und krümmte sich. An
seiner rechten Seite stand der Hund und hatte die Zähne
tief in sein Bein gegraben. Mit heißem unartikulirten
Geschrei suchte er das Tier von sich loszureißen. Er
fühlte es unter seinen wehrenden Händen weichen. Er
brach vor Entsetzen und Schmerz in die Kniee. Er sah
dem Hund nach, der den Schwanz zwischen die Beine ge-
klemmt mit gesenktem Kopf langsam weiterschritt.

Es war sein Hund — ein wirklicher Hund, der
auf leisen Pfoten dort hinschlich. Bertrams Augen öffneten sich weit. Er griff an die Wunde, sie brannte
wie höllisches Feuer. Er sprang auf. Eine schauer-
liche Befürchtung erfaßte ihn. Wie wenn der Hund,
der ihn verwundet hat, toll gewesen war? Dann wird
er in kurzem das Gift in seinem Körper fühlen, wird
sein Mund sich wie der eines Raubtieres öffnen, um zu
beißen. Eine irrsinnähnliche Angst ergreift ihn. Er
eilt durch den Ort, Hut und Stock von sich werfend, und
späht nach Menschen aus. Er erblickt niemand. Seine
Schritte verdoppeln sich. Endlich bemerkt er etliche
Bauern auf dem Felde. Er stürzt auf sie zu, um sie
nach einem Arzt zu fragen. Als er sich ihnen nähert,
laufen sie bei seinem Anblick davon. Er ihnen nach.
Es entspinnt sich eine unheimliche Jagd. Er strauchelt
und schlägt zu Boden. Nun kommen sie mit ihren aus

der Tasche gezogenen Brotmessern auf ihn zu. Er macht
eine letzte Anstrengung und lispelt: „Einen Arzt! Mich
hat ein wütender Hund gebissen." Erschreckt fahren sie
bei seiner Eröffnung zurück. Ein wütender Hund! Sie
eilen nach dem Dorfe, um ihre Angehörigen zu schützen.
Der Unglückliche bleibt liegen. Sie finden bald das Tier
mit den stierenden, blutunterlaufenen Augen und er=
schlagen es mit ihren Knütteln.

Erst ganz spät erinnert sich einer des unseligen
Menschen, der vor Stunden draußen zusammengebrochen
war. Sie suchen und finden ihn. Er ist einige Schritte
weiter in den Graben gekrochen und hat die Finger in
die Erde gekrallt. Bei ihrem Nahen haucht er: „Bindet
mich, damit ich euch nicht zerfleische, und schafft mich
zum Arzt." Sie schnüren seine Arme auf den Rücken
und tragen ihn in den Ort. Gehen kann er nicht
mehr.

Man schafft ihn in das kleine alte Spital und
geht, den Bader zu holen. Der Bader ist nach dem
nächsten Markt gegangen und kommt erst nach Mitter=
nacht zurück. Er brennt und schneidet den Verwun=
deten; aber der fühlt wenig mehr. Er ist besinnungslos;
das Gift ist ins Blut getreten.

Am Abend des nächsten Tages richtet er sich
plötzlich auf und blickt mit erwachendem Bewußtsein
an das rechte Fußende des Bettes. Das, was er er=

späht, muß ihn unendlich beruhigen. Er sieht nichts
anderes als die alte barmherzige Schwester die dort
kniet und betet. Etwas wie ein erlöstes Lächeln geht
über sein Gesicht. Er sinkt zurück.

Himmlische und irdische Flammen

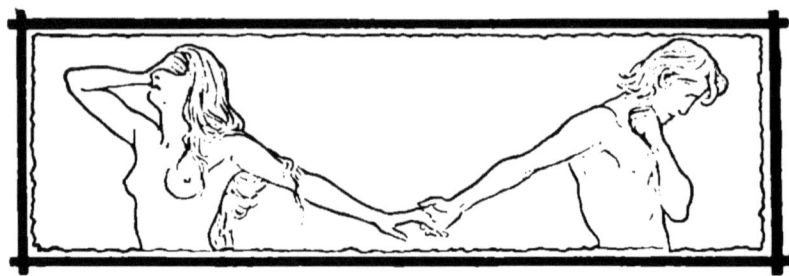

1.

„Haſt du ſchon einen Platz ausgeſucht?"

„Ja ich habe ſchon einen Platz ausgeſucht."

„In welcher Gegend der Stadt liegt er?"

„Der Stadt? Was fällt dir ein! Du weißt ja, ich
kann das Gemäuer nicht leiden. Ich muß freien Himmel
ſehen wenn ich mich wohlfühlen ſoll. Willſt du, ſo
komm mit, ich will dir die Bauſtelle zeigen."

„Nein, jetzt kann ich nicht mit dir gehen. Siehſt
du das, was ich hier in der Hand halte?"

„Was iſt es denn?"

„Nähſeide iſt es. Meine Schneiderin erwartet mich
zu Hauſe."

„Ah bah, die Schneiderin! Laß ſie warten."

„Nein, das kann ich nicht."

„Nun dann will ich dich mindeſtens heimbringen."

„Wie oft sind wir einander heute schon auf der Straße begegnet?"

„Ich glaube erst drei Mal."

Sie lächelte. „Ich mußte alle Einkäufe selbst besorgen. Lina backt und die Schneiderin —"

„O diese verruchte Schneiderin!"

„Kommt dort nicht Malling?"

„Jawohl, laß ihn kommen."

Sie schritten ein Stück Weges nebeneinander hin, dann blieben sie vor einem Hause stehen.

„So, nun wären wir da. Adieu Ralph."

„Adieu? O du irrst. Ich gehe mit dir hinauf."

„Wieso? Du weißt doch die Schneiderin —"

„Ich werde ihr das Genick umdrehen."

„Aber Ralph!"

„Aber Anselma!"

„Weshalb hat Malling nicht gegrüßt?"

„Was weiß ich!"

„Du gehst nicht mit hinauf."

„Laß dich doch nicht auslachen, Kind. Die ganze Stadt weiß, daß wir uns heiraten, daß du es bist, die die Vermählung hinausschiebt. Niemand findet etwas Unerlaubtes darin, wenn ich Frau Anselma Birkmann Nachmittag um fünf Uhr einen Besuch abstatte."

Mit einem gewandten Schritt sprang er ihr voraus die Treppe hinauf und klingelte heftig. Die alte Wirtschafterin öffnete.

„Jesses, der Herr Baumeister! Die gnä Frau ist ausgegangen.“

„Jawohl, aber sie kommt eben zurück. Sehen Sie, da kommt sie schon. Kochen Sie uns rasch einen guten Kaffee. Du erlaubst doch, Schatz?“

Anselma war heraufgekommen und trat in den Korridor.

„Aber die —“

„Lina, Lina!“

„Herr Baumeister!“

„Bitte, wo arbeitet die Schneiderin?“

„Im Plättzimmer.“

„Aha.“

Er verschwand durch eine der Thüren. Gleich darauf hörte man von drinnen lautes Gelächter. Anselma hing Hut und Mantel an den Kleiderhaken und trat in die Stube neben der Küche.

Vor dem Baumeister stand mit strahlendem Gesicht ein junges Mädchen. Etliche Fäden hingen an ihren Kleidern.

„Gnädige Frau, soeben ist mir verboten worden, weiterzuarbeiten.“

„Ja nicht wahr, für heute hat sie genug gethan? Morgen muß ich über Land fahren.“

11*

Das junge Mädchen lächelte.

„Also dann nächste Woche, gnädige Frau. Bis dahin ist meine Zeit besetzt."

„Ach was, Sie kommen morgen."

„Kann nicht, habe bei der Frau Leutnant schon zugesagt."

„So sagen Sie wieder ab."

„Geht nicht."

„Himmeldonnerwetter alles geht. Sagen Sie — sagen Sie, Frau Birkmann brauche unbedingt bis Sonnabend ihr neues Kleid, basta. Wenn Sie morgen punkt acht Uhr nicht da sind, hole ich Sie beim Schopf, verstanden? Adieu!"

Er legte seinen Arm um Anselmas Taille. „Laß uns ins Speisezimmer gehen."

Sie gingen hinüber.

„Bist du mir böse?"

„Du stellst die Welt auf den Kopf."

„Die Welt ist eine Dame und will gern auf den Kopf gestellt sein, glaub mirs."

„Was kommt bei deiner Wildheit Gutes heraus?"

„Was dabei herauskommt? Bah! was kümmert mich das? Ich thue, was mir recht dünkt, du liebe kleine Angstmeierin, du!" Er sah ihr in das schmale blasse Gesicht mit den braunen treuen Augen. Er streichelte ihr dunkles lockiges Haar; dann maß er mit großen Schritten das Zimmer.

„Dieses ewige sich Gedulden, dieses Warten, Rücksicht nehmen, Geniertthun, — der Teufel hols."

Sie hatte sich niedergelassen und sah zu ihm auf. Er ist wie ein Urmensch, voll stählerner Kraft in den Gliedern, voll Lebenslust in dem blühenden männlich schönen Gesicht. Sein blondes Haar sträubt sich in dichten Ringeln über der breiten Stirn.

„Ralph!"

Er blieb vor ihr stehen. „Lauf nicht so hin und her, mir wird schwindlig."

„Ach ich armer Kerl! Nu soll ich nicht einmal mehr auf- und niedergehen! Darf ich dich küssen?"

„Nein."

„Hahaha!" Er warf die Arme um sie, hob sie an seine Brust und bedeckte ihr Gesicht mit zahllosen Küssen.

„Der Kaffee ist fertig." Lina stand unter der Thür des Eßzimmers, das Kaffeebrett in der Hand.

„Der Kaffee? Gleich. Stellen Sie ihn nur auf den Tisch." Er sah halb über die Schulter weg nach der Dienerin, ohne Anselma loszulassen. Ein Geklapper von Tassen, dann schloß sich die Thür.

Etwas schluchzte an seiner Brust.

„Du weinst doch nicht?" Er hob ihr Gesicht mit beiden Händen zu sich auf.

„Richtig, sie weint." Er trug sie in den Schaukel-stuhl, zog diesen zum Tisch und ließ sich neben ihr nieder.

„Anselma, Anselma, hör! Trink jetzt Kaffee und hör auf zu weinen. Ich muß bald fort. Ich hab dir nichts Böses gethan. Dich zu küssen ist mein gutes Recht, wir heiraten in einigen Monaten. Weine nicht, sonst glaub ich, es sei wegen der Schneiderin und dann muß ich dich auslachen."

Anselma trocknete ihre Augen und schenkte Kaffee ein.

„Wegen der Schneiderin wein' ich nicht; so gut kennst du mich doch. Dein ungestümes Wesen gefällt mir nicht. Du wirst immer wilder."

„Selbstverständlich. Bis du meine Frau ge-worden bist."

„Das mag ich aber nicht an dir."

„Mädel, Mädel, lüg mir nichts vor. Du hast mich ganz gern, so wie ich bin, blos schämst du dich. Du schämst dich vor deiner Köchin, vor deinem Spiegel, vor dem Kanarienvogel im Bauer, vor den Möbeln."

„Und vor mir selbst?"

„O da schämst du dich garnicht. Als dein Mann gestorben war und ich anderthalb Jahre lang zu meiner heißen nun erlaubten Liebe: morgen, morgen! sagte, um

dir nicht als roh zu erscheinen, und endlich den ersten
besten Vorwand herbeizog, um mich persönlich dir zu
nähern, und bald darauf dir meine Liebe gestand und
dich um deine Hand bat, in meiner Art, alles in
meiner Art, da erblickte ich an dir keinen Abscheu gegen
mich."

„Nein!" Sie setzte die zum Munde erhobene Tasse
wieder hin. „Dein Sturm war mir neu; ich war an
die Stille gewöhnt. Ich ließ mich von ihm durchschüt=
teln und zitterte vor Ueberraschung. Engelbert war so
stumm, sein ganzes äußeres Leben war ein großes
Verschweigen seines Innern. Ich unterdrückte meine
lautesten Gedanken, wenn ich zu ihm sprach und alles
— wie soll ich sagen: Menschliche, Irdische —"

„— Weibliche"

„versteckte seine Natur vor seinen reinen Blicken."

„Und wie lange dauerte dieses Versteckenspiel? Drei
Jahre dünkt mir."

„Ralph!"

„Laß mich, ich rede ihm ja nichts Böses nach."

„Er war kein Mensch, er war ein Heiland, vor
dem man auf den Knieen liegen und beten mußte."

„Ah!" Der Baumeister sprang auf. „Kind, mein
Kind, wenn ich — nein! ich will schweigen. Aber sieh,
so viel kann ich dir sagen, wenn in einer Ehe beide,
Mann und Frau, Heilige, Asketen, Engel, unschuldige

Kinder sind, oder wie du sie sonst bezeichnen willst, giebts
ein großes Elend. Diese Ehe gleicht einem glimmenden
Feuer, das nur raucht, aber das Haus nicht erwärmt,
einem Hungrigen, der vor gemalten Schüsseln die Zähne
knirscht. Hör, Anselma! Dein Mann war ein braver
Lehrer, den seine Schüler liebhatten, und den seine Mit=
bürger hochachteten, aber das Weib verstand er nicht.
Jedoch, über dieses Thema will ich lieber nicht weiter
mit dir reden. Besser, ich gehe. Leb wohl, meine kleine
süße Braut. Auf übermorgen!"

Bevor sie noch ein Wort der Entgegnung gefunden,
war er draußen. Sie lehnte die Stirn gegen die Tisch=
kante. Ein Schauer ging über ihren Leib. Sie fühlte,
daß Ralph recht hatte und erschrak darüber. Wenn
zwei gleichwertig sind in der Ehe, ists ein großes Elend.
Eine solche Verbindung ist überhaupt keine Ehe. Der
Eine von beiden muß Brandstifter sein. . . .

Engelbert erhob sich vor ihr in seiner stillen Schön=
heit, der schon in frühen Jahren der Tod seine Majestät
aufgedrückt hatte. Er war dunkeläugig, schlank, nicht
größer als sie. Er sah ihr fast ähnlich. Die Berührung
seiner feinen kleinen Hände glich einer sanften Lieb=
kosung.

Seine Stimme, immer etwas umflort, besaß trotz=
dem hohen Wohllaut. Ihn sehen und lieben, ihn sehen
und gut werden war eins. Niemand widerstand dem

Zauber, der von diesem edlen Menschen ausging. Das war ihr Mann gewesen. Und sie hatte wie eine weiße Blume, scheu und rein, neben ihm geblüht. Er hatte sie gehegt, wie man etwas Heiliges hegt. . . .

Zwei große Thränen rannen ihre Wangen herab.

Wie wenig hatte sie ihm eigentlich für seine Liebe gegeben. Ihr Schweigen und ihre Treue. Und nach seinem Tode hatte sie seinen Namen heilig gehalten. Sie wußte wohl, daß die Ehebrecherin an Verworfenheit dem Weibe nachsteht, das, so lange es den Namen des toten Gatten trägt, nicht auch dessen Würde heilig hält. Schmutzige, erbärmliche Kreaturen waren an sie herangetreten und hatten ihr ins Ohr geflüstert: „Du bist ja jetzt frei, thu doch, was dich freut."

Sie hatte ihnen die Thür gewiesen.

Dann war der Sturm in ihr Haus gekommen, Ralph, der Laute, Wilde, Ehrliche.

„Werde mein Weib!" hatte er ihr zugerufen, „leg seinen Namen zu den Blumen auf seinem Grabe und folge mir."

Und ohne ihr Zeit zur Antwort zu lassen, hatte er sich ihrer bemächtigt, hatte er mit rücksichtslosen Händen alle Schleier, allen Zauber ihres seelischen Magdtums von ihr gerissen.

„Herein! Du bist es Lina. Nimm das Kaffeegeschirr nur fort."

„Du lieber Gott! Schon wieder Thränen!"

„Ach was!"

„Er ist zu wild, das taugt nichts. Er verzehrt Sie ja."

„Was kann ich thun?"

„Ihn schnell heiraten."

„Das — das sagst du?"

„Na ja, oder Sie werfen ihn hinaus! Eins von beiden. So fortgehen kanns doch nicht."

„Und meinst du, daß er nach — wenn ich seine Frau wäre, anders würde?"

„Er wird nicht anders, aber Sie werden es."

„Ich?"

„Gewiß. Sie werden eine Frau werden; bis jetzt lebten Sie ja doch eigentlich wie ein Mädchen."

„Ach Lina, du bist närrisch.

„Schauen Sie in den Spiegel."

„Nun?"

„Sehen Sie, wie rot Sie geworden sind?"

„Nun ja, und —?"

„Eine Frau errötet nicht ununterbrochen."

„Ach, schwatze nicht! Sag mir eins."

„Ja."

„Was würde — mein Mann zu alledem meinen?"

„Kein Wort. Er würde beide Hände auf Ihre Stirn legen."

„Und dann? Wenn ich ihn fragte?"

Die Alte drückte das Kaffeebrett an sich. „Ach Gott nein!" — Sie wandte sich zur Thür.

„Lina, geh nicht. Rede!"

„Wenn er nichts antwortete, würden Sie schon selbst darauf kommen, daß in der Frage ja bereits die Antwort liegt."

„Lina, du bist weiser, als ich dachte."

Die Alte entfernte sich. „Dreiundzwanzig Jahre alt" murmelte sie im Hinausgehen. „Der Herrgott wird ihrs verzeihen."

2.

Der Frühling verging und der Sommer brach an.

„Bis jetzt habe ich für andere Leute Häuser gebaut, nun baue ich mir mein eigenes" sagte Ralph. „Bis Allerheiligen muß es fix und fertig sein. Dann ziehst du ein, geliebte Frau, und sollst mit deinem Baumeister zufrieden sein. Kein Ofen soll rauchen, und die Fenster sollen alle gut schließen, damit kein Fremder dein süßes Lachen hört. Du wirst doch lachen, nicht wahr, Anselma? Es geht nichts über das Lachen. Christus sagt: Wo zwei in meinem Namen versammelt sind, bin ich unter ihnen. Ich sage: Wo zwei Menschen mit einander herzlich lachen, sieht Gott zu und freut sich."

Einmal gab er ihr solange keine Ruhe, bis sie ihn begleitete. Der Rohbau des Hauses stand fertig. Sie kletterten über die Treppe hinauf ins erste Stockwerk.

„Die Fenster haben noch keine Scheiben, aber die Aussicht kannst du doch schon von ihnen aus bewundern." Er führte sie durch mehrere Gemächer. Die Arbeiter grüßten alle freundlich und bemühten sich, der jungen Frau gefällig zu sein und ihr die gröbsten Hindernisse aus dem Wege zu räumen. Sie dankte durch ihr herzgewinnendes Lächeln.

„Bereits alle erobert" flüsterte Ralph. „Von nun an will ich dich immer mit mir nehmen, wenn ich auf Inspektionstouren gehe. Du wirst doch nicht schwindlig, wenn du auf Gerüsten herumkletterst?"

„Nein, nicht im mindesten" gab sie scherzend zur Antwort, „ich bin ja derlei von Kind auf gewöhnt."

Dann trat sie an das Fenster eines kleinen Gemaches, das er als ihr künftiges Schmollkämmerchen bezeichnet hatte.

„Die Aussicht ist wirklich entzückend. Die Ill mit ihren friedlichen Ufern, jenseits der Wald, rechts unser Städtchen mit seinen alten wackligen Türmen. Links die Höhenzüge des Schwarzwaldes, Felder, Wiesen, Dörfer und — was ist das für ein Garten dort?"

„Garten, wo?"

„Dort, dort, gar nicht so weit von uns, eine Kapelle — —"

„Ach das — du sag mal, jetzt müssen wir auch an die Wahl der Tapeten denken, was hältst du — —" Er sah ihre Augen groß und ernst auf den Hain drüben gerichtet.

„Anselma, Anselma."

„Ja ich höre."

„Kokettiere mit den Lebendigen, die Toten laß zufrieden."

„Hier kann ich gut hinübersehen" meinte sie leise.

Er legte den Arm um sie und zog sie vom Fenster fort, hinab.

„Liebst du helle oder dunkle Tapeten? Für dieses freundliche Haus würde ich dir helle vorschlagen."

„Natürlich helle." Dabei sahen ihre Augen wie traumverloren um sich.

„Mit der Herrichtung des Gartens beginnen wir nächstes Frühjahr. Ich habe da großartige Pläne, weißt du. Jetzt über ein Jahr werden sich schon Ranken um dein Fenster ziehen. He Schatz, freuts dich?"

Sie nickte mechanisch.

„Wenzler, hören Sie, Wenzler, Wenzler! Alle Wetter, der Kerl hat sein Gehör verloren. Wenzler!"

Die Maurer ließen ihre Kalkkufen stehen und eilten, den Gerufenen zu holen. Er erschien.

„Wenzler, wann kommen die Fensterrahmen? Sie
wissen, daß Sie für alles verantwortlich sind."

Wenzler machte dem Baumeister mehrere Mit-
teilungen.

„Darf ich gehen?" fragte Anselma schüchtern.

„Nein, du bleibst. Ich bin gleich fertig." Als er
seine Aufträge an den Polier beendet hatte, sah er sich
nach ihr um. Sie war verschwunden.

Das gnädige Fräulein sei nach oben gegangen, bemerkte einer der Arbeiter.

Mit einigen hastigen Schritten sprang Ralph hinauf.
Richtig, da stand sie am Fenster und sah hinüber.

Er faßte sie wie ein Kind und trug sie hinaus.
Sie bat, er möge sie loslassen. Mehrere Handwerksleute
gingen über den Korridor und lachten vergnüglich. Auf
der letzten Stufe der Treppe ließ er sie aus seinen Armen.
Sie war hochrot im Gesicht.

„Was werden die Leute denken! Du bist häßlich."

„Die Leute? Was gehen die mich an?"

„Du beschämst mich."

„Wieso? Unser Verhältnis ist kein Geheimnis. Ich
wollte die ganze Stadt sähe zu, wie ein braver Kerl sein
Weib freit. So, jetzt darfst du auch in Gottes Namen
nach Hause gehen. Ich habe hier noch Einiges in Ordnung zu bringen. Aber du, das vergiß nicht: die Ver-

gangenheit ist tot. Laß sie begraben sein und erwecke
nicht zu Scheinleben, was Erde bedeckt."

Sein Gesicht, ohne das Lächeln zu verlieren, hatte
in diesem Augenblick einen harten, drohenden Ausdruck.
Sie senkte erschreckt die Wimpern und wandte sich zum
Gehen.

Gleich darauf hörte sie seine mächtige Stimme. Er
gab mehrere Befehle in seinem gewöhnlichen Kommando-
ton, und die Leute beeilten sich, seinen Worten zu ge-
horchen. Sie zitterten vor dem Krümmen seiner Brauen,
sie lachten vor Freude, wenn er sie lobte. Manchmal
ballten sie wohl die Fäuste gegen ihn — in der Tasche.
Er war unnachsichtig streng und seine Freundlichkeit
besaß etwas Gefährliches. Wer sich, auf sie gestützt,
eine Vertraulichkeit erlauben wollte, bekam plötzlich ein
kaltes Sturzbad über den Kopf und mußte sich schleunig
in seine alte Unterwürfigkeit zurückverkriechen. Er er-
zog sich gleichsam die Menschen, mit denen er zu thun
hatte. Er war die verkörperte Rücksichtslosigkeit. Anselma spürte noch Schauer des Unwillens, als sie sich
des Lächelns der arbeitenden Leute erinnerte. Sie wie
ein Kind auf den Armen über die Treppe zu tragen!
Es war unsinnig. Er trat alle seinen Empfindungen
des Weibes in den Staub. Und doch! Wenn sie ehrlich
gegen sich war, bildete nicht grade der Gegensatz ihrer
beiden Naturen den Anziehungspunkt in ihrer Neigung

zu ihm? Das ganz Ungleiche ihrer Gefühlswelt? Löste
er nicht gerade das Weiblichste in ihr aus? Der sie
früher behütet und vor jedem Erröten bewahrt hatte,
war wie ein Bruder neben ihr gewandelt. Sie war
hoch und stolz neben ihm geblieben. Dieser hier han=
delte als ihr Herr, ihr Beherrscher. Er drückte ihr den
Stempel seines Wesens auf, er verschlang sie.

Ihre Schläfen pochten, wie sie all dies erwog. In
ihrem einsamen Zimmer zu Hause warf sie sich aufs
Sofa und schloß die Augen. Aber nicht lange hielt sie
es so aus. Sie erhob sich und begann auf= und nieder=
zuschreiten. Hatte er nicht bereits seine Unruhe auf ihr
stilles harmonisches Wesen übertragen? Es war nicht
zu leugnen. Und sie lief wie ein von ihm aufgezogenes
Uhrwerk herum und zeigte seine Stunden an. Das
Rot der Empörung färbte ihre Wangen. Unselige
Frauennatur! dachte sie bei sich. Siebenfache Schleier
um dein Antlitz, eine Brünne über die Brust, und doch
bist du unbeschützt vor den kühnen Händen des Er=
oberers, den Mutter Natur in deine Kammer schickt,
wenn es ihr an der Zeit dünkt. Jemehr er dich knechten
wird, um so mehr wirst du mit deiner Knechtschaft
prahlen. Willst dus leugnen? Dann lügst du.

„Lina, Lina!"

Die Alte kam herein und schlug fassungslos die
Hände zusammen.

„Was ist schon wieder geschehen?"

„Lina, ich bin blos unruhig . . . . ich weiß nicht, so unruhig. Die Sinne tanzen in mir. Ich möchte mir das Fleisch vom Leibe reißen. . . ."

„Aber mein liebes, dummes Frauchen!" Die alte Frau legte die Hände auf die Stirn ihrer Herrin. „Wer wird sich denn so aufregen. Das geht alles vorüber. War der Herr — —"

„Reden wir nicht von ihm. Du Lina, erinnerst du dich noch an Engelberts stilles Gesicht? An die lieben milden Augen? An die Sanftmut seiner Stimme? Wenn er: Anselma! rief, wie das klang! So reinigend, so beruhigend. Und wenn er in der Schule stand, weißt du noch? Oftmals lauschten wir im Sommer vor den geöffneten Fenstern. Die Knaben bogen ihre Häupter andächtig vor, wie in der Kirche, wenn er mit ihnen sprach, wenn er ihnen erzählte. Und nachher, wenn die Schule beendet war, und sie tollten, selbst da war ein ganz eigener Geist in ihrem Spiele, ihrem Gebahren. Jedes Gemeine, Rohe war daraus verbannt, sie waren alle wie Kinder Gottes. Und er freute sich mit ihnen und scherzte, und wenn er einem über das Haar strich, war der Knabe selig und stolz — —"

„Ja, er war ein seltener Mensch."

„Und er achtete alle, mit keinem spielte er blos, alle waren für ihn Geschöpfe des Höchsten. Das geringste

Dienstmädchen besaß für ihn Würde und Menschenhoheit. Er sah keine Sklavin im Weibe. Hat er mich einmal auch nur vor mir selbst gedemütigt? Ging ich nicht die drei Jahre neben ihm wie eine Fürstin hin? Du weißt es ja Lina, du hörtest und sahst alles."

Die Lippen der Alten zitterten.

„Ja, ich hörte und sah alles. Aber solche Men= schen sind eben keine wirklichen Menschen und werden deshalb auch nicht alt."

„Glaubst du deshalb?"

3.

In den Lüften wurde es stiller. Die Vögel trafen Reisevorrichtungen, und vollbepackte Erntewagen fuhren vor die Scheunen. Der Sommer hatte ausgeträumt, und der Herbst trat in seine Rechte ein.

Draußen auf dem Anger, eine Viertelstunde vor der Stadt, erhob sich das schmucke Haus des Baumeisters. Es war vollendet. Täglich fuhren Karren und Wäglein vor und brachten den neuen blanken Hausrat hinein, den der Baumeister eingekauft hatte. Martini sollte Hochzeit sein. Am Vorabend derselben wollte Ralph zum erstenmal die Pforten seines Hauses öffnen und seine Freunde und Bekannten bei sich sehen. Anselma sollte die Honneurs machen.

Es waren stille blaue Tage in diesem Spätherbst.
So viel Verschwiegenes lag in ihnen. Geheimnisse —
ob glückliche? traurige?

Die junge Frau wurde immer einsilbiger, je näher
der Tag ihrer Hochzeit herankam. Ununterbrochen
mußte sie an das Fenster denken, von dem aus man
den Hain mit der Kapelle sah. Manchmal, wenn sie
eben in jenem Gemach weilte, um etwas an der Ein-
richtung zu ordnen, und einen Augenblick zum Fenster
trat, um hinüberzusehen, dann war ihr, als lehnte
am Eingang des Totengartens eine lichte schlanke Gestalt und grüßte herüber. Es war nur ein Marmor-
kreuz, das durch das Gitter blickte, aber für sie hatte es
menschliche Form, Züge, Ausdruck. — — —

Sie war ihrem Gatten nie treuer als in jenen
Tagen, da sie ihm untreu zu werden im Begriff stand.
Kaum eine Stunde am Tage, in der sie sich nicht mit
ihm unterhielt, ihn um Tausenderlei fragte, zu Rate zog.
Dann fiel ihr ein, daß er sie und sie ihn gar nichts
mehr anging, wenn sie den Namen des Andern nahm.
Und sie grübelte und grübelte. Eigentlich war es eine
unverantwortliche That. Während er drüben kaum eine
halbe Stunde weit weilte, verging sie hier in den lauten
Melodieen ihres Sturmes, Ralphs, des Mannes, der sie
durchschaut hatte. — Aber auch der Andere hatte sie
durchschaut. Welcher besaß den größeren Scharfblick?

Welcher stand ihr näher? Welcher hatte mehr Rechte
an sie? Die Weiber auf dem Markte, die Aepfel und
Nüsse feilboten, hätten ihr geantwortet: der Lebende.
Aber ihre Seele, der er weiße Schleier gewoben, der er
Kränze geflochten hatte, weinte nach ihrem Toten . . . .

Anselma wurde von Tag zu Tag blasser, schlanker,
verzehrter. Bei Tage gehörte sie dem Leben, bei Nacht
öffnete der Tod seine Welt vor ihr, und Engelbert, die
Dornenkrone des Heilands in der Hand, trat an ihr
Lager und flüsterte: Selig sind, die da ausharren, denn
sie werden gekrönt werden. Und sie sank in die Kniee
vor ihrem Bruder und Geliebten! . . . .

4.

Der Baumeister ließ halbe Wagenladungen voll
Blumen in sein Haus führen.

„Was für ein Kleid soll ich anziehen?“ fragte Anselma ihre alte Vertraute.

„Das weiße mit den Spitzen.“

„Ach nein, das hat eine so lange Schleppe.“

„Das rosarote mit dem breiten Gürtel.“

„Das ist zu laut.“

„Also das blaßblaue.“

„Ja, das blaßblaue.“

„Und dann den Pelz darüber, denn die Abende
sind schon kühl."

„Ja, den Pelz darüber."

„Wird der Herr Baumeister Sie abholen?"

„Nein, ich habe ihn gebeten, es nicht zu thun. Ich
komme wie die anderen Gäste hin."

— — — — — — — — — — —

Es war ein wolkenloser Tag gewesen. Gegen
Abend stieg der Mond hinter den Schwarzwaldbergen
hervor. Anselma lag ganz still auf ihrem Sopha, bis
es Zeit war; dann zog sie sich an. Allzu langsam und
gelassen, wie es Lina vorkam.

„Er wird schon verschmachten nach Ihnen, lassen
Sie ihn doch nicht so lange warten" ermunterte sie ihre
Herrin. „Morgen um diese Zeit wird es schöner sein,
da ist die Trauung vorüber und Sie sind allein mit
ihm."

„Ja, allein mit ihm! . . . Du Lina!"

„Ja."

„Weshalb hast du mir eigentlich das blaue Kleid
angeraten?"

„Weshalb? Gott, ich riet Ihnen ja vorher zwei
andere anzuziehen, die Sie aber nicht wollten."

„Weißt du, was die blaue Farbe bedeutet?"

„Nein."

„Nein? Nein? Du, ist der Weg draußen trocken?"

„Wie sollte er nicht, es hat ja schon wochenlang nicht geregnet."

„Richtig, du hast recht."

„Übrigens, Sie fahren doch natürlich."

„Fahren, fahren? — Nein, da bin ich zu schnell dort."

„Aber Frau — — —"

„Ach laß mich, red kein Wort mehr. Gelt, bös bist du mir nicht?"

„Um Gott, weinen Sie doch nicht, liebe Frau, die Thränen verderben die Seide."

„Ach, laß sie."

Die Dienerin vollzog schweigend die letzten Handgriffe an der Toilette ihrer Herrin. Dann legte sie ihr den Pelzmantel um die Schultern.

„Sei wach, wenn ich wiederkehre."

„Das brauchen Sie mir nicht zu sagen."

„Leb wohl, meine brave, gute, alte Lina!"

Die junge Frau sank der Alten an die Brust, dann entfernte sie sich rasch. Der Weg war ganz mondbeleuchtet. Anfangs führte er durch einige Gassen, dann zwischen Gartenmauern hindurch, dann in Wiesen hinaus. Anselma schritt langsam vorwärts. Kein Laut war um sie rege. In der kleinen Stadt schliefen um diese Zeit schon die Leute.

Die Stille that ihrem hämmernden Herzen wohl.
Sie lüftete den Pelz über der Brust. Die Luft war voll
herber Kühle, der Geruch sterbender Pflanzen lag in
ihr. Von Zeit zu Zeit blieb die junge Frau stehen und
sah sich um.

Ein weiter mit Sternen besäter Himmel spannte
sich über das kleine Städtchen, die Gärten, die Wiesen.
Unendlicher Friede nah und fern. Unendliches Licht,
nicht grell blendend, mild, sanft, heilig, still.

Plötzlich tauchte ein Würfel mit glänzenden Punkten
aus der Dämmerung.

Das Haus, ihr Haus, in dem heute Polterabend
gefeiert werden soll.

Alle Fenster strahlen erleuchtet.

Hinter jedem glaubt sie festlich gepuzte Menschen
sich drängen zu sehen. Hinter jedem glaubt sie sein
Gesicht zu erkennen, das voll liebender Ungeduld nach
ihr späht. Voll von jener alle Hindernisse überstürmen-
den, hastenden, jagenden Ungeduld, die sie kennt, vor
der die Menschen zittern, die zu reizen sie sich hüten.
Sie glaubt den schwülen Duft all der Blumen zu atmen,
die er ausgestreut hat, ihren Sinnen zu schmeicheln. Sie
fühlt die sengende Glut seiner Augen ihren Körper
hinabgleiten, wie er sie prüfend betrachtet, ob sie auch
wirklich schön genug sei, sein Weib zu werden. All

das fühlt sie, und es benimmt ihr den Atem in der
Brust.

Und darüber der stille weite Himmel mit seiner
herben Luft, seinen fernen Sternen.

Anselma bleibt stehen. Will sie umkehren? Sie
zaudert einen Augenblick lang, dann schreitet sie vor=
wärts. Die Lichtquadrate, die die erleuchteten Fenster
auf der Erde bilden, werden größer, allerlei Gerüche
nach frischen Speisen, nach Blumen, nach Firniß machen
sich schon bemerkbar. Noch einige Sekunden, da ist das
Haus. Sie hört den Jubel bei ihrem Eintritt, sie sieht
Ralph auf sich zueilen .... eine Ohnmacht will ihre
Sinne anwandeln, sie hebt den Fuß und .... schreitet
vorüber. Vorüber an dieser Welt der Wärme, der
Trautheit, die für sie erstanden ist, an dem Tisch, an
dem für das Weib in ihr gedeckt ist — vorüber ....
Die anfangs zagen Schritte werden leicht und elastisch.
Sie werden wie beflügelt. Dort der Wald, der Hain,
scheinen näher zu kommen.

Die schweigende Mondnacht wird noch stummer,
tiefer, milder. Das Haus mit seinen grellen Fenstern
versinkt .... Bäume steigen auf, hohe, schlanke, gerade.
Ein Gitterthor. Es ist verschlossen, aber sie kennt
das Geheimnis es zu öffnen. Ein Schritt, und sie
ist im Hain der Toten. Nun läuft sie — wie ein
Kind, das seinem Beschützer entgegeneilt. An einem

Grabhügel sinkt sie nieder. Er ist ganz in Licht ge=
taucht, sodaß man die hochstieligen Blumen darauf er=
kennen kann.

„Engelbert, da hast du mich wieder. Siehst du
mein blaues Kleid? Die Tropfen darauf sind Thränen,
die deine Seele um mich vergoß. Aber jetzt braucht sie
nicht mehr zu weinen. Ich bringe mich dir unversehrt
wieder. Der Brand hat an mir geleckt, aber mich
nicht ergriffen. Treue? Was ist Treue? Verdienst?
Eigenschaft? Ach, sie ist nur ein Müssen, nichts weiter.
Ihre Wurzeln liegen irgendwo hinter den Sternen, wo
der wohnt, der alles Müssen geschaffen hat." . . . . Sie
legte das Gesicht in die feuchten großen Blumen auf
dem Grabe. Es war still um sie, stiller als still.
Minuten, Stunden vergingen. Da weckte etwas den
Frieden des Hains. Der Schritt eines Menschen. An=
selma erhob das Haupt. Über den Weg, der vom
Gitterthor herführte, kam Ralph. Er mochte wohl ge=
wartet, gewartet haben. Dann war er ausgezogen, sie zu
suchen. Ach das Finden war nicht schwer. Wo konnte
Anselma sein, wenn sie nicht in ihrem Hause war?
Nur hier. Er blieb in einiger Entfernung vor ihr
stehen. Sie fürchtete, er würde sie in die Arme nehmen,
und mit ihr forteilen, wie er es früher im Scherz ge=
than hatte. Ohne einen Laut zu sprechen, eine Miene
ihres Gesichtes zu verziehen, hob sie langsam die Rechte

und legte fie auf die Einfaffung des Grabes. Er ver-
ftand. — — —

Langfam kehrte er um und verfchwand jenfeits des
Gitterthors.

Sie aber blieb allein mit der Mondnacht und den
kühlen großen Blumen vor ihr auf dem Erdhügel.

Elias

Etwas Ungeheuerliches hat sich ereignet. Als ich
heute Morgen erwachte, fand ich mich am ganzen Kör=
per mit Beulen und blauen Flecken bedeckt vor meinem
Bett liegen. Das Bett selbst war unberührt. Die Decke
meiner Kammer war zerstoßen und an manchen Stellen
ihres Bewurfs entkleidet. Mörtel und Kalkstückchen
lagen umher. Ich bekreuzigte mich und ging hinaus,
um das Geschehene zu melden. Am Korridor begeg=
nete mir Anselmus. Obzwar wir nicht stehen bleiben
und sprechen sollen, hielt er vor mir und schlug die
Hände zusammen. Ich verspürte ein Zittern in meinen
Knieen.

„Sprich, was erblickst du an mir?"

„Dein Haar ist schneeweiß und die Spitzen sind wie
versengt von einer Flamme. Was hast du gethan?"

„Das wirst du gleich hören, komm mit zum
Prior."

Er empfing mich verwundert auf seinem Zimmer.
Anselmus war zögernd auf der Thürschwelle stehen geblieben.

„Ehrwürdiger Vater, erkennen Sie mich?"

„Udo!"

Der kalte, als unnahbar bekannte Priester erbleichte.
Dann richteten sich seine Augen flammend auf mich.
„Gott hat dich gezeichnet, auf die Kniee mit dir! Ruf
die Brüder, Anselmus."

Anselmus eilte hinaus. Die Brüder kamen. Sie
kamen aus den Zellen, aus den Lauben des Gartens,
aus dem Krankensaal kamen sie. Und sie kreuzten die
Arme über der Brust, und sahen in wortlosem Erschrecken auf mich, der in ihrer Mitte auf den Knieen lag.

„Darf ich mich erheben?" fragte ich den Prior.

„Nein!" rief er hart — dann zu den Brüdern ge-
wendet: „Wer weiß eine That von ihm, die die Hand
des Herrn erklären könnte?"

Alle schwiegen.

„Du, Ansgar, der du auf der Schule mit ihm
warst, rede!"

„Ich weiß nur Gutes zu berichten" sagte mein
Freund ruhig. „Er war der Stillste und fleißigste von
uns allen."

„Weiß mir sonst Keiner etwas über ihn mitzutheilen?" fragte der unerbittliche Greis weiter.

Norbertus trat hervor. „Ich habe seinen Vater gekannt. Er war drüben im Salzburgischen im Salzbergwerk angestellt. Ein stiller Mann, dessen Frau nicht lange nach der Geburt Udos starb. Ich kann dem Vater und dem Sohne, der in unserer Mitte weilt, nur das beste Zeugnis geben."

Der Prior zuckte die Schultern. Dann wendete er sich zu mir. „In einem halben Jahre solltest du deine erste Messe lesen."

Totenstille.

„Was hast du gestern gethan?"

„Als wir aus dem Refectorium kamen, bevor ich zur Ruhe ging, lustwandelte ich noch eine halbe Stunde mit den Andern zusammen im Garten."

„Wovon spracht ihr? Wer waren die Andern?"

Joseph und Heinrich traten hervor.

„Ich" sagte jeder der beiden jungen Novizen.

„Sprachen wir nicht von dem einzigen Heilmittel, um der Menschheit von ihrem Elend zu helfen?"

„Ja, das thaten wir" bestätigten mir die Beiden.

„Worin wolltest du dieses Heilmittel erblicken?" Die Brauen des Priors wulsteten sich.

„Im Aufgehen in der Liebe zu Christus."

„Nun dann richte du, Herr, ich finde hier nichts zu richten."

Der Priestergreis bedeutete mir, mich zu erheben.

„Hat keiner von euch eine Klage, einen Verdacht gegen ihn auszusprechen?"

Seine Augen ftreiften die Runde.

Totenftille.

„So möge mein Gebet und eure Liebe ihn ftark machen im Kampf mit geheimnisvollen Gewalten."

Ich lag noch immer auf den Knieen. Da ftürzten die Brüder auf mich zu und hoben mich auf. Und ich fühlte ihre Arme um meinen zerfchlagenen Leib, und ihre Thränen tropften in die Wunden meines Hauptes, auf mein verfengtes bleiches Haar. O wie felig ift es, Brüder zu haben, die unfere nackte Seele kennen.

Sie geleiteten mich in meine Zelle hinauf und betteten mich auf mein Bett. Und nachdem fie mich gefegnet, verließen fie mich. Ich lag wie im Traum da und wagte nicht, mich zu regen, um nicht aufs neue ein graufiges Wunder zu erleben. Ich lag noch nicht lange da, als fich die Thür öffnete. Der Prior.

„Udo!" fagte er und ließ fich an meinem Bette nieder, „höre nun, was ich dir befehle. Du wirft täg= lich auf mein Zimmer kommen und mir deine inneren Erfahrungen, deine Gedanken, die leifeften Regungen deines Herzens mitteilen. Du weißt, die Söhne des heiligen Dominikus hatten von jeher Gelehrte in ihrer Mitte. Vielleicht gelingt es nach Jahren Einem der Unferen oder derer, die nach uns kommen werden, dein

Wunder zu deuten und zu erklären. Zu diesem Zwecke muß alles sorgsam aufgeschrieben werden, was mit deinem inneren Leben im Zusammenhang steht."

„Ganz recht, mein ehrwürdiger Vater. Aber, dürfte ich nicht selbst der Schreiber dieser Notizen sein? Ich könnte viel wahrer und unmittelbarer dabei zu Werk gehen. Bis das Wort das Ohr des Zweiten erreicht und von diesem Zweiten erst wieder zu Papier gebracht wird, macht es so manche Phase durch, die der Ursprünglichkeit der Empfindung, deren Dolmetsch es sein soll, Abbruch thut. Also, lassen Sie mich selbst schreiben, wie mir zu Mute ist."

„Wirst du wahr sein?"

„Wahrer als wenn ich diktierte."

„Dann also. Schreibe jeden Tag die wichtigsten Vorgänge deines Innern nieder."

„Ich will es, mein Vater. Nur eine Bitte knüpfe ich daran."

„Und die wäre?"

„Daß meine Bekanntmachungen erst am Tage meiner ersten heiligen Messe gelesen werden. Es ist noch ein halbes Jahr bis dahin."

„Die Bitte kann dir erfüllt werden."

Er schritt hinaus.

Ich war allein. Ich schloß die Augen und klammerte mich an die Bettpfosten an. Dann kamen sie,

die Stücke Kalk und Mörtel zusammenzufegen. Die
Stücke, die wessen Kraft von der Decke herabgestoßen
hatte? Die meine? Aber dann müßte ich ja eine Leiter
gehabt haben, denn unsere Zellen sind sehr hoch und ich
bin kaum mittelgroß. Ich habe keine Leiter gehabt.
Und welch armseliger Scherz wäre es auch, eine Zimmer=
decke zu verunstalten, den Bewurf herabzureißen? Ich muß
hier ja ferner wohnen bleiben. Und woher die Wunden
meines Hauptes, die blauen Flecke an Nacken und Armen?
Herr, lüfte dein Geheimnis! Erkläre mir die Fahlheit
meines Haares! Stigma? Meine Hände und Füße sind
nicht durchbohrt, aus meiner Seite fließt kein Blut. Wie
sollte ich auch würdig sein, die Wundmale meines
Herrn zu tragen? Nein, ich bin an einem großen
Schreck vorübergegangen — an einem Feuer, das die
Spitzen meines Haares versengt hat. Was war der
Schrecken? Wo war das Feuer? Weshalb kann ich
mich dessen nicht erinnern? . . . .

Von dem Fenster meiner Zelle aus sehe ich ins
Thal. Unser Kloster liegt auf der Kuppe eines Hügels.
Unten sind Felder und Wiesen. Hie und da taucht aus
kleinen Gehölzen ein roter Kirchturm auf.

Manchmal abends, wenn die Sonne im Unter=
gehen ist, blitzt ein oder das andere Fenster goldig her=
auf. Dann denke ich: wer wohnt dort unten, hinter
dem goldenen Glas? Sieht er vielleicht herauf zu mir?

Wischt er sich Schweißperlen von der Stirn? Oder sitzt
er etwa mit dem Rücken gegen den roten Sonnenunter=
gang vor einem braunen derben Bauerntisch und ißt
Grütze? Es ist gut, mit dem Rücken gegen die Sonne
zu sitzen und Grütze essen zu können. Meine Brüder
schelten beständig mit mir, daß ich zu wenig Nahrung
nehme. „Es geht ihm wie der Jungfrau vor ihrem
Hochzeitstag" sagte der alte Norbertus neulich, „er ver=
liert immer mehr den Appetit, je näher der Tag seines
ersten Meßopfers herannaht." Weißt du, Norbertus,
was eine Hochzeit ist? Es ist der gleiche Wille in zwei
Seelen, der Versuch, auf einem andern Instrument den=
selben Ton zu treffen, wie er in der eigenen Brust klingt.
Wehe, wehe, wenn der Versuch mißlingt! Welches Elend,
welche Ehe! Der Eine beginnt zu weinen, indeß viel=
leicht im Andern ein Lachen erwacht. Vielleicht wird,
während der Himmel im Feuer seiner Schöpferkraft mir
seine Geheimnisse öffnen will, meine Seele, eine schwache,
geängstete Braut, am Altare knien und weinen, und —
sie nicht fassen. Herr, Herr! Verstehe ich dich? Werde
ich dich besser verstehen, wenn die goldenen Priester=
gewänder meinen Leib umfließen? Wenn das Öl des
großen Königs meine Stirn fürstlich salbt? Ein Grauen
erfaßt mich. Einer geht hin und sagt: Ich bin der
Diener des lebendigen Gottes. Ich rufe ihn, und er
stürzt sich aus seinen Himmeln nieder, um von meinen

Händen in der Gestalt der Hostie dem Volke gezeigt zu
werden — um von mir genossen zu werden. Nahender
Tag meines ersten Mysteriums, du machst mich erbeben.

————— — — — — — — — — —

Sie haben mein Erlebnis nach Rom berichtet und
der heilige Vater hat mir seinen Segen entboten. Sie
haben mir die Hände geschüttelt und vor Freude ge=
weint. Die Guten! Wenn mein Vater noch lebte!

Ich liebe die Menschen grenzenlos. Ich möchte
ihnen etwas sein, etwas geben. . . . . Sie sind Kinder.
Ein Lorbeerzweig hat im Altertum die Poeten glücklich
gemacht; jetzt thut es ein buntes Bändchen ins Knopf=
loch gesteckt. Und da glaubt ihr nicht, daß die Men=
schen gute, harmlose Geschöpfe seien? Ich selbst noch
habe auf der Schule den Sohn eines Mannes gekannt,
der, weil man ihn als Erzieher an den Hof eines
Fürsten berief, vor Stolz irrsinnig wurde. Ach, die
Thränen kommen Einem in die Augen. Kindlein,
liebet einander!

Neulich, am Vorabend jenes Ereignisses, das mein
zweiundzwanzigjähriges Haar weiß färbte, sprach ich
mit Heinrich über die Mittel, unser Geschlecht zur Glück=
seligkeit zu führen. In der Liebe zu Christus liegt das
Heil. Ja, aber es giebt so viel Elend auf Erden. Weil
ihr Christus nicht genug liebt, antwortet die Kirche.
Man muß also eine neue Liebe erfinden, da durch die

alte des Elends kein Ende ward. Das habe ich an
jenem Abend gedacht und dessen gedenke ich ununter=
brochen. Und ich muß sie bald finden, bald, noch be=
vor ich mein erstes Meßopfer gefeiert. Wie könnte ich
sonst meine Brüder, das Volk, segnen, wenn ich sie
nicht besäße, die Fülle des Segens. Zeige du mir
Christus den Weg, der am schnellsten zu dir führt.
Zeige — ach, mir wird wunderlich zu Mute. Wer bist
du eigentlich, Christus? Der Sohn des Zimmermanns
aus Nazaret? Nein, mehr bist du. Du bist die Weis=
heit. Du bist das Haupt, das unermeßliche, in dem die
Sterne auf= und niedergehen. Die Sterne sind deine Ge=
danken, dein Haupt ist der Himmel. . . .

Manchmal kommt etwas über mich und reckt
meine Arme aus. Bist du das, Christus? Ich fühle
sie wachsen, sich strecken, unendlich werden. Die finger=
spitzen tauchen aus meinen Händen wie lange, dünne
Strahlen und dehnen sich durch die Lüfte.

Wenn ihr es glaubt, daß der Blick eines Menschen
eine Wolke zerteilen kann, weshalb glaubt ihr nicht an
das Wunder von Kanaan? Ist die Existenz der Geister,
die aus tanzenden Tischen sprechen, erklärbarer als das
Vorhandensein jener geheimnisvollen Heilkräfte, die ge=
wissen Wallfahrtsorten zugesprochen werden? Man lacht
über die Verehrung, die wir den Reliquien zollen, aber
man lacht nicht über Ringe, Briefe, Blumen, die auf

übersinnlichem Wege dem Empfänger zukommen sollen.
In unserer großen Bibliothek, deren philosophische Ab-
teilung auch die Werke Aquinos, Taulers, Böhmes,
Paracelsus und ähnliche umfaßt, habe ich mir eine
und die andere Kenntnis über Mystik angeeignet.
Da ist mir der Sehnsuchtsschrei der Menschen nach
einem Glauben in tausendfacher Tonart entgegen-
geklungen. Ohne Glauben ist Keiner. Und wäre es
der Abstruseste, Wahnwitzigste. Und wäre es Aber-
glaube. Christus hat die Insel in diesem brandenden
Weltmeer von Widersprüchen und Unmöglichkeiten entdeckt. Christus war der erste moderne Mensch. Er
hat die Bedürfnisse des Volkes erkannt. Er hat die
Könige geschützt durch sein Wort: Gebet Gott, was
Gottes ist, und ihnen, was ihrer ist. Er hat die Armut
in den Adelsstand erhoben. Und aus seinem Mund
erscholl zuerst das Wort: Gnade. Was du hier ent-
behrst, wirst du drüben verzehnfacht erhalten. Was
ist: drüben? Ihr lacht. „Drüben" ist das, was man
nicht sehen kann. Eine einfache Definition, nichtwahr?
Aber ihr glaubt doch, das manches da ist, was man
nicht sehen kann? Und ihr werdet immer mehr daran
glauben, je größere Fortschritte die Naturwissenschaft
macht; ihr letzter Schritt führt gradeswegs vor den Thron
Gottes. „Drüben" ist jenseits des Fleisches. Das ist
folgendermaßen. Die jetzt regiert werden, gelangen später

selbst zur Regierung. Sind nicht auch in unserem Orga=
nismus befehlende Gewalten und ausführende Gewalten.
Der König Geist will, daß du jenen Berg erklimmst.
Deine Augen trinken Schönheit, deine Lippen baden sich
im Duft frischer Gebirgskräuter, deine Füße haben die
Plage. Aber einmal kommt es anders. Da wird die
Summe robuster Kraft, die sich in deiner Ferse barg,
zum Befehlshaber. Und die verbrauchten Gehirnnerven
sinken zu niedern Dienstmannen herab, die die Geschäfte
besorgen, die du ihnen aufgiebst. Ich glaube nicht an
die „Pyramide" als Entwickelungsform der Menschheit.
Es erscheint mir eine zu naive Schlußfolgerung gegen=
über dem kunstvollen differenzirten Weltenbau. Ich
glaube an den Austausch, an den Wechsel, der sich so
drastisch in allen Äußerungen der Natur zu erkennen
giebt. Weshalb sollte sie beim Menschen eine Ausnahme
machen?

Gestern las man während des Mittagessens Kap. 2
vom Buch der Könige vor. Ich verlor das Bewußt=
sein. Schon als Kind hat die Geschichte des Elias, der
im feurigen Wagen gen Himmel fährt, ein heftiges
Zittern in mir erregt.

Die Brüder begegnen mir so seltsam — so voller
Güte und himmlischer Ehrfurcht. O mein Gott!

Mein goldenes Thal dort unten! Was siehst du
herauf, unschuldig neugierig wie ein Kinderauge? Ich

habe die Frage noch immer nicht gelöst. Die neue Liebe zu Christus, die die Welt befreien soll. . . . . Wer mordet? der haßt. Weshalb haßt er? Entweder weil er hungerte, oder weil ihm Unrecht geschah. Gieb ihm genug Nahrung und bringe ihm Liebe entgegen, er wird streicheln anstatt zu würgen. Wie fange ich es nur an?

Glaubt nur nicht, daß ich freiwillig die Welt hinter mir ließ und ins Kloster ging. O nein. Als ich am Gymnasium war und Lehrer und Schüler meine Talente priesen, sah ich meines Vaters Stirn sich höher und höher recken. Mein Vater, dieser immer stille, wortkarge Mann! Er trug eine Welt von Empfindungen in sich, denen er nicht Ausdruck zu leihen vermochte. Jetzt weiß ichs. Als Knabe hielt ich ihn für einfältig. Kennt ihr etwas unglücklicheres als einen Vogel, der ohne Laut geboren ward? Oder eine Quelle, die man mit Sand und Steinen verschüttete? Oder eine Pflanze, die man mit den Wurzeln aus freiem Felde ausgrub und in einem engen Geschirr in die dunkle Kammer einer Hofwohnung stellte? Welch stummes schmerzliches sich nach innen Entwickeln, da die Mitteilung nach außen gehemmt ist. Diesen Vater hätt ich in einen schönen Garten führen mögen mit vielem Blumenlächeln darin. Ein Haus hätt ich ihm bauen mögen mit weichen Teppichen auf dem Boden der Gemächer, mit Ruhe-

pfühlen und Fenstern, die auf weite Thale hinaussehen.
Aber glaubt mir nur! Es ließ mir keine Ruhe. Wo
ich ging und stand, zerrte es an meinen Kleidern wie
mit ungeduldiger Hand. Es drang mir mit rätselhaf=
tem Geschmack aus den Speisen entgegen und erfüllte
mich mit Durst nach fremden Brunnen. Es stand im
Traum bei mir, beugte sich über mich und koste so
lange meine Wimpern, bis ich sie gequält, entzückt auf=
schlug und — Wer ist „es"? Wer? Das nicht Männ=
liche, nicht Weibliche: Gott!? . . . . . Ich bin da
neben dir, du fühlst meine Nähe, deine Unruhe beweist
mirs. So lerne mich doch sehen, so lerne mich doch
verstehen, so entdecke doch für dich und die Andern den
Weg zu mir! Und ich verließ meinen Vater und suchte
Ihn. Auf der Straße war er nicht. In den Sälen
der Reichen hatte man ihm keinen Stuhl hingestellt. In
der Stickluft der Dürftigkeit roch ich nicht den Sabbat=
geruch seiner Gewänder. In der Kunst fand ich ein
ganz untreues unzulängliches Bild von ihm. Da lief
ich mitten in den rauschenden, klingenden Urwald der
Religion hinein. Da, dort, oben, unten, jenseits, dies=
seits glaubte ich einen Zipfel seines Mantels hinschweben
zu sehen. Ich eilte wie ein Liebender, wie ein Narr
hinter ihm her. Bis ich zu einem Hügel kam, den ein
Kreuz krönte, an dem die lächelnde, sterbende, segnende
Schönheit hing. Da warf ich mich nieder und wußte,

daß ich meinen König, meinen Gott, meinen Herrn ge=
funden hatte. Ich zog das weiße Priestergewand an,
um ihm zu dienen. Nun vermeinte ich Ruhe zu haben.
Ach, je länger ich das Kreuz ansah, um so weiter dehn=
ten sich seine Arme aus, um so höher wuchs sein Schaft.
Und der Mann, der daran geheftet hing, wurde vor
meinen Blicken so groß, daß sein Haupt zuletzt in den
Tiefen der Himmel verschwand und seine Füße mir
untergingen in den Abgründen fremder Erden unter der
unsern. Nichts blieb übrig von dem Sohne des Zimmer=
manns aus Nazaret. Und doch glaube ich an ihn;
aber er ist größer als ihr ihn mißt, und deshalb muß
auch eure Liebe zu ihm größer werden als sie ist. Dann
ist das Heil da. Wie, wie ist ihre Steigerung möglich?
Das quält mich so. . . .

Die Luft ist lau, und von fernen Rosengebüschen
strömen Düfte herauf. Der Himmel ist wie voll ver=
steckter Regenbogen. In meinen Haaren spielt der Wind.
Glaubt ihr wirklich, daß das blos mechanische Bewegung
der Luft ist? Ein Mensch hat Einen meiner Brüder ge=
fragt: „Wenn an drei Altaren zugleich die Messe
gefeiert wird und drei «Wandlungen» in der gleichen
Minute sind, kommt Christus da dreimal vom Himmel
gefahren, oder wie ist das?“ Es fiel Anselmus keine
andere Antwort ein als diese. „Wenn drei Freunde in
einem Gemach versammelt sind, in das du eintrittst, so

sehen dich alle drei. Sie können dich sogar zu gleicher Zeit küssen, ohne daß du deine Einheit verlierst."

Der große Christus ist da, sie rufen zu ihm und in diesem Augenblick sehen, fühlen sie ihn. Er ist immer da, aber sie rufen nicht immer zu ihm.

Mein Puls eilt täglich schneller. Es ist auch schon Herz-Jesu-Fest, und am Maria Himmelfahrtstage soll ich Ihn rufen wie noch nie, und Er soll kommen wie noch nie. . . .

Meint ihr, daß ich die Nächte hindurch schlafe? Wie könnte ich am Morgen dann so müde, so todmüde sein! Das Schlafen ist eine große Kunst. Es ist der höchste Ausdruck der Harmonie der organischen Teile im Menschen. Die Einfältigen, die Kinder, die Tiere schlafen am festesten. Die Schlafenden sind die Unbedürftigsten — die Glücklichsten. Wenn der Hungrige schläft, spürt er seinen Hunger nicht. Er ist bedürfnislos. Er ist Gott einen Schritt näher als der Wache. Wir müssen — meine Pulse beginnen zu sieden, ich muß aufhören.

In meinem goldenen Thal drüben liegt ein Aussätziger. Pater Norbert war gestern bei ihm. Der Eiter dringt dem Unglücklichen aus den Lumpen seiner Kleider. Beten wir für ihn, sagte Norbert. Nur beten?

So finde doch den Weg zu mir, so finde ihn doch! Ich streckte die Arme empor, ich rief, ich schluchzte, ich fühlte es dunkel vor meinen Augen werden. Ich ver-

fluchte die Wolken, die mich von ihm trennen, die frem=
den Sphären, die zwischen uns liegen. Und dann kam
aus dem offenen Himmel ein Sturm. Ich habe wie
ein Tier vor Schreck und Schmerzen gebrüllt, wie es
mich hinaufriß, hinauf, über den Erdboden weg. Wes=
halb willst du mich nicht ganz freilassen, Erde, wenn
du mich doch nicht bei dir zu behalten vermagst? Wes=
halb der Niedersturz, der mir so viele Qualen bereitet?
Wenn doch wenigstens keine Decke über mir wäre, an
der sich mein Haupt blutig stößt. Spielst du mit mir,
Erde? Hungriges Tier, du ahnst wohl in mir Einen,
der deine Nahrung herabsetzen will. Ach Erde, Erde!
Sei nicht thöricht, sterben mußt du doch! Sieh, heute oder
morgen, in einigen Millionen Jahren stürzest du in die
Sonne. Dann hast du dich verloren und bist aufgetrunken
von einem höheren Selbst. Ach Erde, Erde! Wenn
alles sich verbraucht hat, hinfällig, morsch geworden ist
an dir. Erde, welch erbärmliches Ende! Und bis da=
hin zeugst du Elend über Elend. Bis in dein Greisen=
alter hinein. Du gereichst Christus nicht zur Ehre. Du
bringst Dürftiges hervor, das ihm flucht. Du müßtest
aufhören zu zeugen. Aber solange du lebst, wirst du
es immer thun. Du müßtest also sterben. Schlafen,
damit du bedürfnislos wirst und die Menschen Christus
nicht fluchen, sondern ihn segnen, in ihm aufgehen, zur
Regierung gelangen. Wenn niemand mehr gebiert,

wirst auch du aufhören, gebären zu wollen. Müßig
sein kannst du nicht. Du wirst mit deinem —

Was wollte ich neulich doch sagen? Du wirst dich
in den Flammenschooß der Sonne stürzen, freiwillig,
noch unaufgebraucht, sie segnen, die die schlafenden
Kinder in ihre Arme nahm.

Wie soll ich es beginnen, daß sie erkennen, was
ihnen notthut?

Ich lese über die schrankenlose Gewalt der Suggestion.

Ich habe die Nacht an den Stufen des Altars zu=
gebracht. Die ewige Lampe flackerte von meinem zit=
ternden Atem. Draußen schlich sich der Wind an den
Kirchenfenstern vorbei. An diesem Hochaltar werde ich
in wenigen Wochen zum Diener Christi gesalbt werden.
Und noch immer kein Strahl. . . .

Ich habe einen Versuch gemacht. Als wir uns
im Garten ergingen, rief ich plötzlich: „Seht, seht!" Sie
blickten alle auf mich. Ich that, als umarmte ich je=
mand, dann sank ich auf die Knie und neigte mein
Haupt wie unter der Berührung einer Hand. Sie standen
um mich geschaart. „Aber seht ihr denn nicht, St. Vin=
centius, hier, hier!" schrie ich; dann erhob ich ein wenig
den Kopf. „Verzeih ihnen, sie können dich nicht er=
blicken. Aber strengt eure Augen doch an! Seht ihr
nicht sein liebes heiliges Gesicht mit den eingefallenen
Wangen, auf denen die Spuren von Christi Küssen

brennen? Seht ihr nicht sein Gewand, da, er streckt
euch die Rechte hin; aber erfaßt sie, erfaßt sie doch! Sie
sehen dich nicht!" rief ich in Thränen ausbrechend und
drückte die Stirn verzweifelt auf die Erde. Da sahen
sie ihn! Ja, sie sahen ihn! Christus ist mit mir!

Das Verständnis für die Raumverhältnisse kommt
mir immer mehr abhanden. Die Wände stören mich,
ich stoße mich an ihnen. Ich erkenne die Unebenheit
des Bodens nicht mehr. Mein Puls schlägt hundertmal
in der Minute.

O Christus! Haft du zu mir gesprochen? War es
deine Stimme, die ich vernahm? In der Mitternacht,
in der Kirche war es. Ich weinte wie ein Kind vor
dir. Da öffnete sich die Decke und aus einem Abgrund
von Licht tauchte ein Lächeln. Wißt ihr denn nicht,
daß ein Lächeln nie aus Muskeln und Fleisch kommt?
Es ist etwas ganz anderes. Ein Glanz. Eine Musik
ohne Noten und Töne. Ein Küssen über die ganze
Seele hin. „Haft du Mut?" „Herr, wozu soll ich Mut
haben?" „Dich zum Licht zu bekennen." Da breitete
ich jauchzend die Arme aufwärts. Und das Geheimnis
der Himmel berührte mich und legte sich zwischen meine
Arme, daß ich die Kühlung des Leides in ihnen
trage. . . .

Ich habe den Weg erkannt. Raucht nicht der
Erdboden, wohin ich meine Füße setze? Krümmt sich

nicht das Tier und weicht aus meiner Nähe? Nimmt
nicht der Wind Gestalt an und streichelt mich mit
den weichen linden Federn seiner Fittiche? Seht ihr
nicht die bunten Scheine durch die Luft hingleiten?
Jeder von ihnen ist eine Seele, die meine Gewänder
küßt, um mir zu danken. Aber ihr seht doch, daß die
Luft gar nicht Luft ist? Sie ist ein blaues Meer. Und
darüber die schneeweißen Vögel, die Winde, die Zephyre,
die Stürme, die jauchzenden, die sich so gern kopfüber
in die blauen Gewässer stürzen. Und die Blumen seht
ihr doch auch? Oder rocht ihr nie Gerüche, über deren
Herkunft ihr euch keine Rechenschaft geben konntet, so
süß, so unbegreiflich süß?

Immer näher kommt der Tag. Ich nehme fast
keine Nahrung mehr zu mir. Sie lassen mich thun,
gehen und kommen wie ich mag. Sie halten mich für
einen Heiligen. Brüder, ich bin mehr! . . . .

Heute war ich bei dem Aussätzigen. Ich habe ihn
auf den Mund geküßt. Dann schritt ich durch die Dorf=
gassen hin. Welche Armut! Pfützen, an denen Tiere
und halbnackte Kinder spielten. Hütten, deren Fenster
vor Schmutz erblindet sind. Auf morschen Bänken
davor saßen Greise und erzählten mir von ihrer Ent=
behrung. Die rüstigeren Leute waren auf den Feldern,
wo sie im Schweiße ihres Angesichts die magere Frucht
einheimsen. O Gott, und dieses Thal sah so golden

von unserer Höhe aus! Armut, lehne dein krankes,
blasses Gesicht an meine Schulter! Ich will es schön
und zufrieden machen. Ich will deine bleichen Lippen
zum Lächeln bringen. Denn siehe, ich sags dir ins Ohr,
ganz heimlich sag ichs dir: Ich trage die Kühlung des
Leides in meinen Armen. Gradesswegs aus dem Himmel
kam sie mir. Und höre, du darfst von Dorf zu Dorf,
von Stadt zu Stadt gehen und deinen Kindern erzählen,
deinen kränksten, bleichsten: Udo hat ein Mittel ge=
funden, eure Thränen zu trocknen.

Ich bin viel unter den Menschen. Auch die unten
im Thal halten mich für einen Heiligen und ver=
trauen mir.

Gestern ließ mich der Prior rufen. „Was machst
du beständig bei denen dort unten?“ „Vater, ich ver=
künde ihnen die Liebe.“ Er sah mich an und entgeg=
nete nichts.

Seit mehreren Tagen faßt unsere Kirche kaum die
Menschen, die heraufkommen, um einen stummen Blick
auf mich zu werfen und sich wieder zu entfernen. Ich,
in den Reihen der Brüder stehend, senke das Haupt . . . .

Ich habe ihnen gesagt: Wem der Herr sich offen=
baren will, dem giebt er zuerst das Schweigen. Und sie
schweigen nun alle, die vom Thale und von den zunächst
liegenden Flecken. Ein Glanz liegt auf ihren Gesichtern,

wenn sie einander ansehen. Sie verstehen sich gegen-
seitig ohne Worte.

Ich dringe immer weiter. Am Thale vorbei in
die Schluchten, wo die Einfalt an Wasserfällen sitzt und
ihr trocken Brot verzehrt, auf halbversteckte Waldblößen,
wo sich eine handvoll vom Glück Verachteter angesiedelt
hat, auf Hügel, die zu Füßen höherer Berge lagern und
die Hütten vom Leben müd Gewordener tragen. Zuerst
blicken sie mir verdutzt, mißtrauisch entgegen. Dann
kommen sie näher. Ihre Hände berühren mein Kleid,
um sich zu überzeugen, daß es von irdischem Stoffe sei.
Dann sehen sie mir zaghaft fragend in die Augen. Dann
kommt ein schüchternes, unendlich schüchternes Lächeln
in ihr Gesicht. Dann — dann sind sie mein! Ihre
Thränen, anfangs spärlich wie Regen in dürrer Zeit —
fließen endlich warm und reichlich aus den armen alten
Kinderaugen und benetzen meine Füße. „O gieb uns
das Glück!" Und ich sollte es ihnen nicht geben, da ich
seine Fülle bei mir trage?

Wieder ließ mich der Prior rufen. „Man erzählt
Wunderdinge über den Einfluß, den du auf die Ge-
müter der Menschen ausübst. Der Aussätzige, den sie
mieden, wird nun wie von Engeln bedient. Man streitet
sich darum, ihn zu pflegen. In der Kirche liegen sie
Tag und Nacht im Gebete und singen mit lächelnden
Lippen Psalmen wie die ersten Christen. Udo, miß-

brauchst du auch deinen Einfluß nicht?" Ich entgeg=
nete nichts, sondern sah ihn bloß an. Er senkte die
Augen. Im nächsten Moment lag er an meiner Brust.
Und wieder im nächsten stand er hart und hochauf=
gerichtet als mein Oberer vor mir. „Wenn der Herr
dir gnädig gesinnt ist, weshalb hat er dich gezeichnet?
Ich befehle dir, gieb Antwort darauf!" Ich sann nach.
„Mein Vater, Gott steht höher als du. Er gebietet mir
Schweigen." „Und ich befehle dir, zu reden, kraft der
Herrschaft, die ich als dein geistlicher Vorgesetzter über
dich besitze, kraft des Rechtes, das mir der Herr über
dich verliehen hat. Wovon ist dein Haar in jenen
Nachtstunden des März erblaßt?" „Vielleicht weil eine
Vision mir mein Ende gezeigt hat." „Dein Ende?"
Er entließ mich.

Der erste August. In vierzehn Tagen! Ich soll
ein neues, noch nie getragenes Meßgewand anziehen.
Es gleißt von Gold, und silberne Lilien sind hinein=
gestickt.

Ein Organ verkümmert, wenn es nicht gebraucht
wird. Menschen, die jahrelang nicht sprachen, verlernten
den Gebrauch ihrer Zunge und wurden stumm. Ge=
fangene, die lange an einen Pflock geschmiedet waren,
vermochten sich, als sie die Freiheit erlangt hatten, nicht
mehr zu bewegen. Und ich sage, wenn man das Leid
gefesselt hat, wird es das Gehen verlernen. Und

wie man es feffelt, weiß ich, deshalb befitze ich das
Geheimnis, die Menfchheit zum Glücke zu führen.

Blüht nicht das Meer mit feinen Perlenwäldern
für fie? Grünen nicht die Felder, um ihren Füßen ein
weicher Teppich zu fein? Sprudeln nicht die Quellen für
fie? Wandeln nicht Tiere auf fetten Weiden für fie?
Klingen die Kehlen junger Vögel nicht für fie? Wenn
fie nicht da find, verkümmerft du, Erde. Dein vor=
nehmftes Organ, der Menfch, ifts, der deinen Herzfchlag
ermöglicht, der deine Säfte bewegt, mifcht, zu treibender
Kraft bringt. Wenn er aufhört durch deinen Gebärungs=
drang zu leiden, wirft du diefen verlieren, glaube es mir!
Und du wirft wie ein gebändigtes Kind in die Arme
deiner großen Mutter, der Sonne, zurückkehren.

Über dem Blau des Himmels liegen weiße Schim=
mer gebreitet. Die Luft zittert über den Feldern. Die
Gräfer und Blumen neigen die Häupter in geheimnis=
voller Demut.

Noch eine Woche!

Ja gewiß find wir Staub. Jeder Einzelne ift
nicht mehr als ein Staubkorn. Zufammengenommen
aber bilden wir die Menfchheit, ein Riefengebirge. Wenn
wir nun einig find und diefer gewaltige Berg in einer
Farbe ftrahlt, in einen Willen fich kleidet, dann ift er
nicht als gering zu verachten, Brüder. Dann ift er
fogar fo mächtig, daß er der Erde Gefetze zu dik=

14*

tieren vermag. Dann sehen uns Christi Augen. Und
er weiß, daß er nicht vergeblich gestorben ist. Denn —
habt ihr es noch nicht erkannt? sein vornehmstes Wollen
galt unserer Einigkeit. Weshalb hätte er uns aber einig
wünschen sollen, wenn nicht zu dem Zweck, den ich er=
kannt habe?

Die Suggestion ist eine entsetzliche Macht! Ihr
Thoren, die ihr die Grenzen ihrer Möglichkeiten nicht
kennt. Sie kann — epidemisch wirken. Sie ist das
Wunder Christi. Aber nur der Weise versteht sie zu ge=
brauchen. Und ein Glück ist das. Herr, alles was ich
besitze, habe ich von dir empfangen.

Noch drei Tage! Man erwartet den Generalvicar.
Alle Brüder haben zu thun, sich und das Kloster auf
seine Ankunft vorzubereiten. Mich läßt man gehen.
Wohl euch!

Gestern, als ich sprach, fiel ich plötzlich mit dem
Gesicht auf die Erde und konnte die längste Zeit nicht
erwachen. Als ich dann die Augen aufschlug — Herr,
ich beuge mich in den Staub vor Dir! Jubel, Jubel!
Deine Hochzeitsnacht, meine Seele, naht! Du weichst
nicht vom Fuße des Kreuzes, des ungeheuern, dessen
Spitze in unsichtbaren Horizonten ruht, dessen Arme alle
Sphären umfassen.

Ich lag auf der Erde und streichelte sie. An meinen
vom Nachtthau genetzten Fingern krochen winzige Leben

hin und flüchteten in die Ärmel meines Kleides. Ver=
zeih mir Gott, daß ich weinte! Ich drückte meine Lippen
auf deinen Leib, Erde. Und sie waren von Krümchen
und Fasern und winzigen Pflanzenfäden bedeckt, als ich
sie erhob. So küssest du wieder — tropfend von Leben,
immer willig zu verschwenden. . . . .

In weiter Mitternacht allein. Vor mir das
Kreuz Christi über den dunklen Nachthimmel ge=
streckt. Ein raunendes Wehen geht durch die Luft.
Herr, Herr, ich fürchte mich! Muß ich, Sohn
Gottes? Giebts keinen andern Weg, dem Elend zu
helfen? O Jesu, erbarme dich meiner! Diese Schweiß=
tropfen, die ich jetzt vergieße, hast auch du einst ver=
gossen. Auch du hast die Gräser umklammert mit
deinen frierenden Händen in jener Nacht am Ölberg.
Auch du hast geächzt unter der Todesahnung. Auch
du drücktest dein weinendes Haupt auf den steinigen
Boden, und niemand hat es aufgehoben. Der Vater:
der Wille, schwieg. Und der Sohn gehorchte. Meine
Zähne schlagen im Fieber gegeneinander. Mein Haar
klebt in nassen Büscheln um meine Stirn. Jesus Christus,
in deinem Namen! Ich erhebe mich. Und nun schreite
ich in der Nacht dahin, dem Morgen zu. Ich brauche
nur noch weiße Blumen. Weiße Blumen. . . . . Die
Mauern der Kirche ragen in die dunkle Luft. Mein
goldenes Festkleid für morgen liegt in der Sakristei bereit.

Meine Schultern werden ein fürstlicheres tragen. Ruhig,
ruhig Herz! Im Osten — o Jesus Christus, das ist der
Tag! Auf, auf, dem Licht entgegen! . . . .

*

Hier schließen die Aufzeichnungen des Fraters Udo.
Ich, Pater Ansgar Clée, aus dem Orden der Prediger,
setze sie auf Befehl unseres Priors fort. Ich war
Udos Jugendgespiele und Freund. Deshalb hat man
mich mit diesem Amt betraut. Ich erzähle hier nur,
was ich mit eigenen Augen gesehen . . . .

Ein herrlicher Morgen war angebrochen. Wir alle
waren voll froher Erwartung und Festesfreude. Um
neun Uhr sollte seine erste heilige Messe gefeiert werden,
zu der sogar der hochwürdige Generalvicar aus Rom
erschienen war. Als es Zeit zum Ankleiden war und
er noch immer nicht in der Sakristei erschien, ging man
auf seine Zelle, ihn zu holen. Man dachte sich ihn im
Gebet versunken. Er war nicht oben. Man ging nach
dem Chor; auch da war er nicht. Man suchte im
Garten; vergebens. Währenddem begann der Meßner
die Glocken zu läuten und hunderte von Wachskerzen
zu entzünden. Nun bekam man Angst, daß ihm etwas

zugestoßen wäre. Ein Teil der Brüder eilte in den nahen Wald, ein anderer suchte in Haus und Gängen nach ihm. Mich erfaßte eine dunkle Ahnung. Ich eilte den Weg ins Thal hinab. Auf dem etwas erhöhten Platz vor der Kirche im Dorf —

Ich mußte abbrechen, denn meine Hand hat zu zittern begonnen. — Auf dem Platz vor der Kirche steht er. Udo? Ach, ein in weiße Gewänder gehülltes Etwas, das kein Mensch mehr ist. Eine Haut, dünn wie ein schneeiger Schleier überzieht die Umrisse eines Kopfes, dessen silbernes Haar zu leuchten scheint. Aus diesem Kopfe blicken zwei Augen. . . . . Tödlicher Zauber geht von dieser weißen Gestalt aus, sinnverwirrender Zauber. Ich habe nie vorher so berückende Schönheit in einem Menschenleibe gesehen. Er gleicht einer schlank emporgeschossenen Giftblume, die Allen Tod bringt, die ihr nahen. Eben als ich mir durch die tausendköpfige Menge, die ihn umgiebt, einen Weg bahnen will, erhebt er den Arm und schleudert eine mit weißen Blüten umwundene Fackel in die Luft. Das ist das Zeichen. Ein Jubelruf ertönt, ein Kriegsgeschrei. Hunderte brennender Fackeln fliegen auf die Strohdächer, in die Hütten. Im Nu ist das Dorf in ein Flammenmeer gehüllt. Die Kirche schlägt in heller Lohe auf. Ich sehe, wie er sich lächelnd in die Feuer stürzt, wie sein weißes Gewand sich vergoldet, wie brennende Menschen mit ausgestreck-

ten Armen über die Felder hinlaufen und niederstürzen.
Mit wankenden Knieen flüchte ich mich auf unsern
Hügel. Da dringen mir aus allen Richtungen der
nahen und fernen Thäler goldene Rauchwolken ent=
gegen. Die nächsten Ortschaften brennen, die Wälder
brennen, aus den Schluchten steigen Feuersäulen auf.
Die Hügel legen rote Gewänder an und der Schnee auf
den höchsten Bergen beginnt in purpurnen Gluten zu
schmelzen. Er hat das Leben vertilgen wollen, der
Unglückliche. Der Herr sei ihm gnädig! Unser Kloster
ist gerettet. Aber das Unglück ringsum ist unbeschreib=
lich. Über zwölf Ortschaften sind von den Flammen
vernichtet. Er hat klug gerechnet gehabt. Die Suggestion
wirkte hier in der That epidemisch. Ein Rausch, ein
Todesrausch hatte diese Leute ergriffen. Einer steckte
den Andern mit seinem Wahnsinn an. Wer weiß,
welch unermeßlicher Schaden, welch noch weit uner=
meßlicherer hätte entstehen können, wenn dieses Flammen=
fieber sich nicht an den Mauern der nächsten großen
Stadt gebrochen hätte. Dort erlosch es. Dort wurde
es ohnmächtig. Dort siegte die Vernunft. Damit
hatte er zu rechnen vergessen. Seine Aufzeichnungen
liegen im Archiv unseres Klosters. Gott sei seiner armen
Seele gnädig!

                                   P. Ansgar. M. d. P. O.
                                   ✱

Fünfzig Jahre später.

Auf den verkohlten Stätten haben sich neue Ortschaften erhoben. Die Felder tragen gute Frucht und
die Menschen sind fleißig und schauen voll Hoffnung
der Zukunft entgegen. Unser Kloster blüht. Möge der
Herr uns auch ferner seinen Schutz angedeihen lassen!

Pater Konstantin, Prior. M. d. P. O.

Kind Gottes

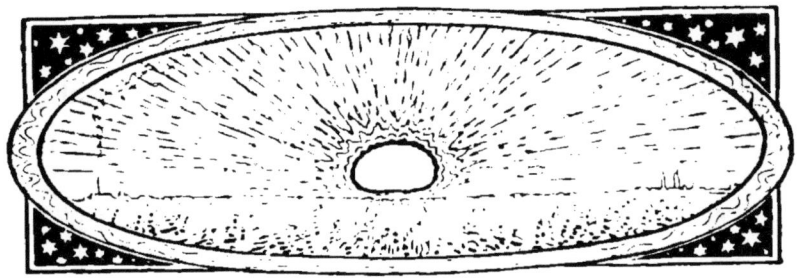

Es war im Lüneburger Haideland.

Weit wölbte sich der Himmel über dem braunroten Boden wie eine ungeheure, schützend ausgebreitete Hand. Dunkelgrüne Eschengruppen, die hie und da die einförmige Fläche unterbrachen, verbargen in ihren Schatten kleine, wunderliche, strohgedeckte Häuser. Vor diesen Gelassen, die man kaum Nachbarhäuser nennen konnte, weil sie so weit von einander entfernt lagen, saß die Einsamkeit und spielte auf unsichtbarer Laute ihr großes geheimnisvolles Lied. Die rüstigen Arbeiter in der Mitte des Lebens, die zusehen mußten, Kisten und Truhen zu füllen, und gruben und harkten und schnitzten, hatten nicht Muße, darauf zu lauschen. Aber die Greise und Kinder, die unthätig vor den Hütten saßen, die vernahmen es und bogen die Köpfe vor wie Hor-

chende und verloren ihre Seelen in der Unermeßlichkeit
dieses Himmels.

Eine dieser weltfernen Niederlassungen beherbergte
nebst einer bejahrten Familie, deren Kinder schon längst
ausgeflogen waren, eine Frau und einen Knaben. Er
war nicht ihr eigener; sie hatte ihn angenommen, damit
sie einen Sohn und er eine Mutter habe. Später merkte
sie, daß sie ihn doch nicht so lieb haben konnte, wie sie
es gewünscht hätte.

Um sich aber immer zu erinnern, daß er, der
Vater- und Mutterlose, besonderer Güte und Sorgfalt
verdiene, rief sie ihn anstatt nach seinem Namen: Kind
Gottes.

In seinem vierten Jahre erkrankte der Junge. Er
verlor sein pralles Kindergesicht und erhielt sonderbare
alte Züge. Auch sein körperliches Gewicht nahm ab.
Ein Doktor, den die Frau einmal von weither holte,
meinte, indem er den Knaben betrachtete, er hätte wohl
die „Auszehrung". So glänzende, kluge Augen, mit
allerlei Geheimnisvollem darin, bekämen die Kinder, die
an der Auszehrung stürben. Und sie sollte ihn nur
ruhig liegen lassen und hübsch warm halten, weiter gäbe
es da nichts zu thun.

Sie ließ ihn ruhig, ganz ruhig in der kleinen
Kammer liegen, stellte ihm ein Schüsselchen Milch ans
Bett und ging ihrer Arbeit nach.

Er weinte nicht, wurde nicht ungeduldig. Er sah mit seinen großen, glänzenden Augen immer aufs Fenster. Eigentlich sah er da nicht viel, denn die dichtbelaubten Bäume ließen nicht das kleinste Stück Himmel sichtbar werden. Manchmal kam eine Biene oder ein Schmetterling hereingeflogen, oder ein Vogel sang in leisen Flüstertönen draußen im heimlichen Laubgezweig von etwas Wundersüßem, das in der Welt war. . . . Dann lächelte der Junge. Er wurde alle Tage wissender und klüger und bekam hellsehende Augen. Und sein kleines Herz begann mit jeder Stunde schneller und schneller zu klopfen.

Eines Tages stand die Frau lange vor seinem Bette und sah ihn an. Er wollte ihr gar nicht mehr gefallen. Aus seinen strahlenden Augen schienen Engel zu lachen, und im Zimmer rauschte es wie nahende Gewande. Aber sie konnte nicht bei dem kleinen Kranken bleiben. Es war Herbst, und die letzten Kartoffeln mußten ausgenommen werden. Sie deckte das Kind gut zu, daß kein Luftzug und kein Lichtstrahl sein kleines heißes Gesicht berühren konnte; dann entfernte sie sich seufzend.

Draußen traf sie den alten Schäfer.

Sie legte ihre Hand auf seinen Arm.

„Wenn ihr 'mal vorbeikommt, seht doch nach dem Jungen. Ich bliebe gern bei ihm, aber ich kann nicht, ich muß aufs Feld."

Der Alte versprach es. Dann und wann, wenn
seine Schafe in der Nähe grasten, öffnete er die niedere
Stubenthür und trat in die Kammer zu dem kranken
Kinde. Der Kleine sah ihm freundlich entgegen. Er
freute sich, daß jemand zu ihm kam. Er begann mit
fieberhaftem Eifer allerlei Fragen an den Alten zu
stellen. Der kauerte sich auf dem Bettrand nieder, stopfte
seine Pfeife und dampfte und erzählte. Er war vor
einem halben Jahrhundert Soldat gewesen und hatte
allerlei durchgemacht. Wohl an tausendmale hatte er
alle seine Erlebnisse und Abenteuer Freunden und Be=
kannten im Krug erzählt; zuletzt mochten sies nicht mehr
hören.

Da schwieg er denn und steckte die Pfeife zwischen
die Lippen. Jahre waren dahingegangen, seit er mit
den Schafen auf die einsamen Halden zog und fast
mit niemandem mehr sprach. Nun begehrte ihn plötz=
lich Einer zu hören. Er suchte in den entlegensten Ecken
seines alten Gedächtnisses und entdeckte allerlei Seltsames.
Er wußte nicht mehr, hatte er es erlebt oder nur ge=
träumt. Aber er erzählte. Von langen Wanderungen
an der See und übers Hochgebirge erzählte er, von
schnaubenden Rossen, die über Leichen hinwegjagten, von
schönen jungen Kriegern mit wehenden Federbüschen.
Und der Knabe lauschte mit halbgeöffneten Lippen und
großen, leuchtenden Augen.

Einmal sagte er: „Sarne, was ist das: ein Hoch=
gebirge?" Der alte Schäfer sah vor sich hin und meinte
dann langsam: „Das sind Berge, die mitten in den
Himmel hineinragen und an denen die Wolken sich
spießen, wenn sie drüber hinweggleiten wollen."

Mitten in den Himmel hinein! An diesem Nach=
mittag sprach der Junge kein Wort mehr.

Auch hörte er kaum, was der Alte ihm noch alles
erzählte. Er sah immer mit seinen großen Augen auf
die kahle weiße Wand seinem Bette gegenüber. Abends,
als die Pflegemutter zurückkehrte, sagte er: „Du Mutter,
ich möcht' wohl ein Hochgebirge sehen." Die Frau sah
ihn bekümmert an. Er phantasierte. Nun würde er
gewiß bald sterben. „Das Hochgebirge kann keiner von
uns hier sehen" sagte sie und ging an ihren Herd. Der
kleine Knabe murmelte still vor sich hin: „Warum nur
nicht?" Er glaubte es nicht, daß man etwas, das man
sehen wollte, nicht sehen konnte. In der Nacht träumte
er wunderliche Träume und redete im Schlaf.

Einmal sagte Sarne zu der Frau: „Warum nimmst
du ihn denn nicht mit aufs Feld? Sterben muß er ja
doch bald. Im Flur steht der kleine hölzerne Wagen,
mit dem er früher immer gespielt hat. Setz ihn
da hinein und nimm ihn mit dir. Er ist ja jetzt
so klein und leicht geworden und geht gewiß in das
Wäglein."

Die Frau in ihrer weiblichen Zaghaftigkeit wagte nicht, Sarnes Rat zu befolgen.

Da einmal, als sie wieder draußen war, nahm der Schäfer das Kind, wickelte es gut in eine Decke ein, setzte es in das Wäglein und schob es hinaus ins Freie.

Der Kleine jauchzte vor Lust. Seine Augen wurden noch einmal so groß und weit. Aber plötzlich verstummte sein Jubel. Ringsum die unermeßliche Haide mit ihrem braunroten Boden. Im Westen aber, was war das? Seine Blicke starrten wie trunken auf das Bild.

Ein zerklüftetes, weit übereinandergetürmtes Gebirge scheint dort aus der Erde gewachsen zu sein. Seine Zacken und Zinnen brennen feurig, als ob sie sich an der Sonne entzündet hätten, indeß das Massiv tief unten in dunkelblauen Tinten leuchtet.

„Da ist es ja" stammelt der Junge und deutet mit dem Finger hinüber, „da ist es ja, Hochgebirge, Hochgebirge! . . . . Ich möchte wohl dorthin können, aber es ist weit, weit . . . . vielleicht gar schon auf einem andern Weltteil." . . . . Der Schäfer blickt auf die lohende Wolkenwand und spricht kein Wort.

Später ließ sich das Kind ruhig nach Hause fahren. Ein leises triumphierendes Lächeln lag um seine Lippen. Es hatte gesehen, was es ersehnte.

Etliche Tage später — sie konnten nicht aufs Feld

hinaus, weil ein gewaltiger Sturm draußen brauste —
erzählte Sarne von einer großen Schlacht und den tapferen
Generälen und dem König, wie er ihm, dem Schäfer
Sarne, die Hand geschüttelt und ihm gedankt habe, daß
er mitgeholfen, das Vaterland zu retten. Der kleine
Kranke legte sein Händchen auf den Arm des Erzählers.

„Du, was ist denn das: ein König?“

„Ein König ist ganz voll goldener Sterne, und auf
dem Haupte trägt er eine Goldkrone.“ Und der Alte
setzte noch allerlei Wunderliches hinzu.

Als die Mutter heimkam, sagte der Junge zu ihr:
„Ich möchte wohl einen König sehen.“ Sie legte die
Hand auf seine brennende Stirn.

Er schob sie sanft von sich. „Du, kannst du mir
keinen König zeigen? Ich möchte so gerne einen sehen.“
Die Frau sagte ruhig: „Ich will dir Zucker in die Milch
thun. Könige giebts nicht in unserer Gegend.“ Nun
stirbt er sicher bald, dachte sie traurig, und ein Stück
Zucker mehr oder weniger macht nichts aus.

Und sie reichte ihm die süße Milch hin.

Er wies sie fort und lächelte heimlich.

Dann kam die Nacht. Die Frau, müde von der
angestrengten Arbeit, schlief immer sehr fest und hörte
nichts im Schlaf.

Mitten in der Nacht warf sich der Sturm auf den
morschen Fensterriegel und öffnete ihn. Die Fensterflügel

gingen beide auf. Von den Bäumen waren die letzten
Blätter abgefallen und der ganze große Himmel war
sichtbar. Der Knabe, den das Geräusch aufgeweckt
hatte, sah voll seligem Grauen hinaus. Ein volles
goldenes Gesicht blickte durch die kahlen Baumäste her=
ein und überflutete mit seiner Helle die ärmliche Kammer.

„Der König“ lispelte das Kind und faltete die
Hände. „Der König, der König. Ob er auch die Sterne
hat?“ Und es setzte sich spähend im Bette auf und sah
in den Himmel. Und da sah es die tausend und aber=
tausend Sterne des Königs und lachte entzückt . . . .

Am Morgen schloß die Frau voll Erschrecken das
Fenster. Daß sie das nicht gemerkt hatte! Nun würde
sich der Junge wohl zu Tode erkältet haben. Sie legte
ihm still abbittend die Hand auf den Kopf. Kind Gottes!
Kind Gottes!

Als der Schäfer das nächstemal eintrat, lächelte ihm
der Knabe entgegen. „Du, ich hab den König gesehen.
Er war in der Nacht bei mir. Er roch so kühl und
tropfte ganz von Gold. Und seine Sterne hab ich nicht
zählen können.“ Der Schäfer nickte. „Kann wohl sein,
kann wohl sein.“

Dann vermengten sich in seinem alten Gedächtnis
Traum und Wirklichkeit, und er begann zu erzählen.

Natürlich stand er wieder auf dem Schlachtfeld.
Wo die Engel Gottes, die barmherzigen Schwestern, den

Verwundeten und Sterbenden Linderung brachten. Wo
sie ihnen mit weißen zarten Händen die roten Wunden
auswuschen und das Kreuz auf die Lippen legten. . . .
Diese gnädige, große Liebe! O, manch eine Mutter sei
vor einer dieser schlichten, schwarzgekleideten Gestalten
hingekniet und habe ihre Hände geküßt. Ja, im Kriege
da ginge sie umher, suchend, immer suchend: die Liebe.
Und sie fände auch genug, überreichlich fände sie . . . .

Der Knabe hielt den Atem an. „Was ist denn die
Liebe?“

„Ja, ja“ wiederholte der Schäfer wie geistesabwesend
und versank in Brüten.

Aber der Junge ließ nicht nach. Immerfort murmelte er: „Liebe, Liebe! Du, wo ist sie denn? Wie sieht
sie denn aus? Trägt sie auch eine goldene Krone wie
der König?“

Sarne schüttelte nur immer den Kopf, er wußte
nichts zu entgegnen. Er hatte vergessen, wovon er gesprochen, und das Wort des Kindes schlug wie ein fremder Laut an sein Ohr.

Der Knabe aber beharrte bei seiner Frage. „Du,
sag doch, was ist das: Liebe?“ flüsterte er, die Hand
seiner Pflegemutter ergreifend.

Die Frau stutzte, sah ihn groß an und wandte sich
dann ab, um die Thränen zu verbergen, die ihr in die
Augen traten. Sie blieb die Antwort schuldig.

Doch der Junge hatte das aufsteigende Naß in ihren Augen bemerkt. Noch niemals hatte er die harte ernste Frau weinen sehen. Was mochte wohl dieses Wort bedeuten? Seine Augen bohrten sich sinnend in das bläßliche Firmament, das zum Fenster hereinsah. Und er erinnerte sich einer merkwürdigen Geschichte, die der alte Schäfer ihm einstmals erzählt hatte.

Es kam ein Geheimnis in ihr vor, das kein Mensch auflösen konnte. In dem Knaben begannen die wunderlichsten Vorstellungen zu erwachen. Über Alles, was ihn bewegte, hatte er noch Aufklärung erhalten, warum grade über dies nicht? Warum hatte die Mutter zu weinen und der Alte zu schweigen begonnen, als er es aussprach?

Liebe! Liebe!

In der Nacht erwachte er plötzlich und setzte sich auf. Es war ihm so wunderlich. Er hörte Glocken klingen und der Atem wollte ihm schier vergehen vor dem Wehen der zahllosen weißen Flügel, die durchs Zimmer schwirrten.

Wem gehörten sie alle diese schmalen, hohen, schneeigen Schwingen? Ein kühler Wind entsprang ihrer Bewegung. Das Kind schaute und schaute. Dann legte es die Hand auf die Schulter der schlafenden Mutter. „Warum läuten die Glocken? Warum sind alle diese Flügel geöffnet?" Aber die Mutter gab keine Antwort,

sie schlief weiter. Mit einemmale kniete der Knabe im
Bett auf und breitete die Arme nach Etwas aus. „Das
ist sie, das ist sie . . . !"

Die Frau fuhr erschreckt empor und sah ihn lächelnd
zurücksinken.

„Nimm ihn gnädig auf, Herr Jesu Christ" sagte
sie und faltete die Hände . . . .